集英社オレンジ文庫

一《ヒト》八《ハチ》三《サン》　手錠の捜査官

泉　サリ

本書は書き下ろしです。

CONTENTS

183 Investigator ANDORE in Handcuffs

name
一八三番
HITOHACHISANBAN
ANDORE
age
20
sex
男
height
183
title
川越少年刑務所　受刑者
name
小野寺我聞
ONODERA
GAMON
age
30
sex
男
height
168
title
池袋署刑事課強行犯係　刑事

CHARACTERS

183 Investigator ANDORE in Handcuffs

name
阪井杏里 SAKAI ANRI

age 28 | sex 女 | height 162

title
池袋署刑事課強行犯係　係長

イラスト／モクモクれん

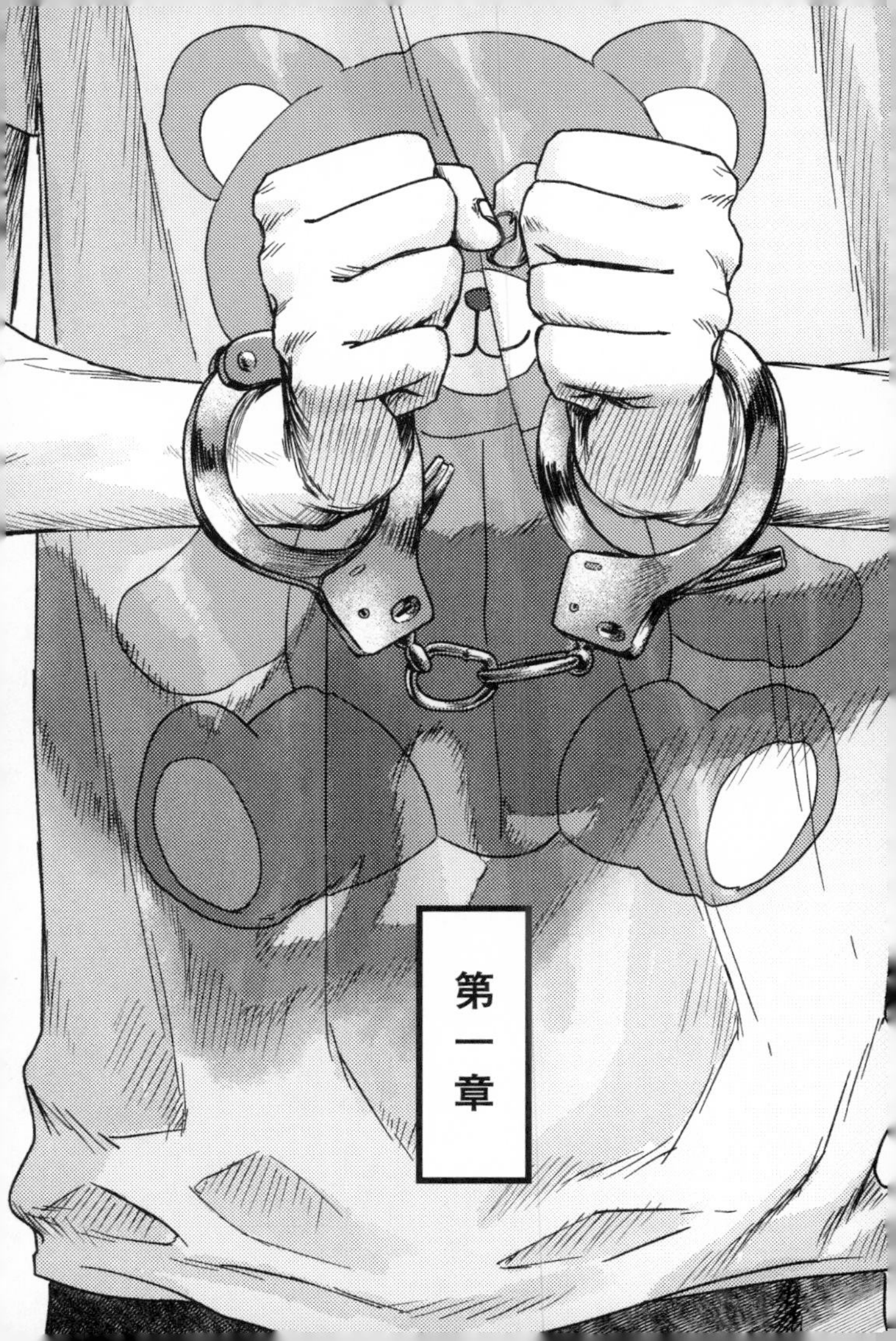
第一章

運転席の男は、こんな夜更けにサングラスをかけていた。

「前の車、停まりなさい」

我聞《がもん》がマイクを使って呼びかけても、応じる気配は一向にない。交通量が少ない時間帯だったため、停止信号で追いつくことができたのは幸運といえた。

九月ももう半ばだが、外気にはまだ夏の名残があった。パトカーを降りた我聞は、黒いベンツの運転席に近づいてコツコツとドアをノックする。

「何?」

口元を歪めた若い男が、音楽を止めて窓を細く開けた。

「夜分に申し訳ありません。私《わたくし》、池袋《いけぶくろ》署の小野寺《おのでら》と申します。最近管内で傷害事件が多発しておりまして、職務質問にご協力をお願いしています。車内を見せていただいてもよろしいでしょうか?」

「は? ヤだよ。拒否」

「見せられないものがおありですか」

「違う違う。職質って任意だろ。だから拒否。急いでんだよ」

「では免許証をご提示いただけますか」

「拒否、拒否。応じないって」

「無免許運転ではないことを確認したいのですが」

「チッ。うるせえな」

サングラスの男に舌打ちされ、我聞は溜め息を押し殺した。

職務質問をかけると、やましいことをしている者は大概「任意だから拒否」と言い出す。警察官からしてみればそれでかえって怪しさが増すものだが、だからといって無理に腕を摑《つか》んだり、鞄《かばん》の中を見たりすることはできない。相手が尻尾を出すまで、辛抱強くやりとりを続ける必要がある。

「確かに、職務質問は任意ですので応じていただく義務はありません。しかし、あくまであなたが拒否の態度を貫かれるようであれば、私もあなたに所持品検査の説得を続けさせていただきます」

「んだとテメ」

「車内を少し調べさせていただくだけでよいのです。特に、助手席にあるその黒いケ――」

「黙れこの税金泥棒が！　ほっときゃベラベラ喋《しやべ》りやがって。急いでるっつってんだろ」

サングラスの男が拳《こぶし》を突き出す。それを瞬《また》きもせず顔面で受け止めた我聞は、次の瞬間、張り付けていた笑顔をかなぐり捨てて男の腕を摑んだ。

「えー午前一時十三分、公務執行妨害及び傷害罪で現行犯逮捕。もう拒否はできないからな。免許証も押収させてもらう」

「は？　……おい」

慌《あわ》てふためく男を車から降ろし、すかさず手錠をかける。ガチャンという重い音は、男が一般社会から切り離された証《あかし》。抵抗力を奪うために警察官が使う手段の一つだ。

「車内も調べるからな」

「ふざけんなよ……。こんなもん付けやがって、後で覚えてろよ」

男は頰《ほお》のあたりをひきつらせた。道行く人の視線から逃れるように身を縮め、それでも挑戦的な口調でぶつぶつと呟《つぶや》いている。

「藤本《ふじもと》」

我聞は後ろを振り返り、ペアの巡査を見やった。

「わかってますって。今から調べます」

言いながら、藤本はベンツの助手席のドアを開ける。座席の上から、一メートルほどの大きさの黒いケースを引っ張り出した。

「被疑者の前に置いてくれ」

「了解。あと小野寺部長、鼻血出てます」

「後でティッシュ詰める」

藤本が地面に下ろしたケースのジッパーを、我聞は片手で引き下ろした。中から現れたのは、夜の闇《やみ》の中で黒光りするクロスボウだ。

声を落とし、男の耳元で尋《たず》ねた。

「これ、君のだよな」

「知らねえよ。早く手錠外せっつの」

「大人しく答えてくれ。君、多分まだ学生だろ。ここで銃刀法違反を認めないのは構わないが、とりあえず署まで来てもらうからな」

「はあ？　なんでだよ」

「親御さんに連絡されたくないだろ。それとも、今すぐ電話して家族全員で署に行くことにするか？」

「それはっ……」

被疑者が狼狽《ろうばい》の色を見せた。

「嫌だろ。なら、言うことを聞いてくれるかな」

念を押すと、しばしの間の後に深い溜め息が返ってきた。

藤本に差し出されたティッシュを受け取りつつ、我聞は無線機で本署に連絡を入れた。

被疑者が乗っていた黒いベンツは、レッカー業者を手配して運んでもらうことにする。

「……意地悪っすね」

パトカーで警察署へと向かう道すがら、藤本がぼそりと呟いた。

「署に着いたら、どうせ誰かが家に電話するじゃないっすか」

「連絡しないとは言ってないだろ。嘘《うそ》はついてない」

「うわ、汚ねえ。優しいお巡りさんの名が泣きますよ」

「優しいお巡りさんだからこそ、汚い手を使わなきゃならない時もあるんだよ」

ハンドルを切りつつ、我聞はバックミラー越しに後部座席に目を向ける。つい数分前まで啖呵《たんか》を切っていた若い男は、今や落ち着かない様子で延々と貧乏ゆすりをしていた。膝《ひざ》が運転席の背にぶつかって振動し、ズボンの生地がかさかさと音を立てる。

「座席を揺らさないでくれ」

我聞が注意すると、男は途端に貧乏ゆすりをやめた。サングラスを外してあらわになった瞳が、最後に残ったわずかな反発心を燃料に暗く燃えていた。

警察署には、数人の生活安全課員が待機していた。被疑者を引き渡した後、我聞と藤本は交番に戻って現行犯逮捕手続書の作成に取りかかる。

「これ……今日、仮眠とる暇ありますかね？」

「どうだろうな」

「小野寺部長の調書は丁寧でわかりやすいけど、手伝わされる側としては体力気力ゴリゴリ削られてしんどいっす」

「そうか……」我聞はあくびを堪《こら》える。

「なら試しに、お喋りをやめて手を動かしてみたら早く終わるかもしれないな」

藤本はブハッと噴き出した。我聞はパソコンの画面から顔を上げ、なんだよ、と目で尋ねる。

「あ……すんません。上司が鼻にティッシュ詰めてるだけで、なんでこんなに面白いんすかね」

「それ以上手が止まったままだと、次はお前が俺に殴られて鼻ティッシュの番だ」

「急に眠気が吹っ飛ぶようなこと言わないでくださいよ」

その後は、無言でそれぞれ作業を続けた。カタカタというタイピングの音は、朝日がすっかり昇るまで交番に小気味よく響き続けていた。


朝の十時、業務の引き継ぎを終えて警察署へ向かう。

入り口からすぐのところにある総合受付に、日の光が差し込んでいる。書類の山を抱えた生安課員、取調べに向かう刑事課員、白バイ訓練の準備をする交通課員、警護に出動する警備課員。様々な専務の警察官が行き交う。

一階にある地域課のオフィスの前を通った時、「小野寺」と呼び止める声がした。

「お前、ちょっとこっちに来い」

更衣室へ向かおうとしていた我聞は、「はい」と頷《うなず》いて爪先《つまさき》の向きを変えた。

ドアが完全に閉まると、空気が重さを増したようで息が詰まる。地域課長のデスクの前に、直立不動の姿勢で立った。

「住宅街にクロスボウ撃ち込んだ奴をパクったそうじゃねえか。生安課に聞いたら、あれから薬物反応も出たってさ」

「ああ、道理で……」

我聞は自分の鼻先に手を当てる。あの被疑者、アルコール臭がしない割にはやけに手が早いと思ったのだ。

「医務室、行ったか？」

「折れてはないので大丈夫です。もう血も止まりましたし」

「爽《さわ》やかフェイスが歪むとパンフレット詐欺《さぎ》になるから、なるべく公妨《こうぼう》で引っ張ってくるのは勘弁してくれねえかな。お巡りさんが顔に傷作ってちゃ、住民も不安になるだろ」

「そう言われましても……現場によっては仕方ないです」

我聞が言うと「まあな」と、地域課長は同情するように頷く。

「ところで、正明《まさあき》はどうだ」

「よくやってくれています。こちらが指示を出す前に動いてくれるようになりましたし」

「あいつ、集中力ないだろ」

「はあ、まあ……。最近はずいぶん改善されたかと思います」

藤本は地域課長の同期の息子だ。小さな頃からたびたび会って可愛《かわい》がっていたらしく、ペアを組まされた時は気が重かった。しかし今となっては、そこそこ上手《うま》く育てられたはずだと自負している。

「小野寺に正明を任せてよかったよ。お前は交番員のお手本って感じで、住民からの評判もいいし」

「恐れ入ります」

「うん、だから地域課としてはちょっと惜しいが……。お前、また専務に行く気はないか」

「はっ?」

もろにジャブを食らってしまった。藤本の教育係になれと言われた時といい、採用パンフレットの被写体になれと言われた時といい、地域課長の不意打ちには、そろそろ慣れてもいい頃だったはずなのだが。

「……他の課に異動、ですか」

確かめるように聞き返すと、どくん、と心臓が強く脈打つのを感じた。

地域課長の背後の壁に掛けられたカレンダーを見てみれば、秋の異動内示が出る日は早くも一週間後に迫っていた。俺は今その件で呼び出されているのかと、我聞はようやく気がついた。表情が変わってしまわないよう、頰の内側を軽く嚙《か》む。「お前は感情が顔に出やすいから気をつけろ」と、警察学校にいた頃から、教官によく言われた。

「お前に、刑事課へ異動の打診が来ている」

地域課長は組んだ手に顎《あご》を乗せて告げた。

「強行犯係だ。本来なら、問答無用で異動になるところだが……お前に限っては特別に、本人に最終決定を任せることにした。刑事の仕事が自分に務まるかどうか、しっかり考えて決断を下してほしい」

生ぬるい汗が額ににじんだ。音を立てないように唾《つば》を飲み込むと、喉《のど》が不自然なほど大きく動いてしまった。

「猶予《ゆうよ》は二日間だ。次の当直までに、異動するかしないか決めてこい。二言はなしだ。一度やると決めたなら、自分の都合で仕事を投げ出すことは許さない」

「……了解しました」

地域課のオフィスから廊下に出る時、強張《こわば》っていた頬をこすっていつも通りの表情を作った。交番員のお手本の顔、つまりは優しいお巡りさんの笑顔だ。

「何やってんの小野寺」

入れ違いになった女警《じょけい》に尋ねられた。

「何でもありません」

にこやかに答えてその場を後にした。

更衣室で着替えを済ませた後、本署に隣接した宿舎へ向かった。

【節電のため、二アップ三ダウンにご協力を】

そう書かれた貼り紙があるエレベーターで十階まで上がる。

宿舎の部屋は二人の警察官が共有することを前提とした広さだが、昨年ルームメイトが機動隊に異動してからというもの、我聞は一人で暮らしていた。2DKのうち、部屋の一つを寝室として使っている。朝、誰かを叩き起こすことも、洗面所を取り合うこともないのは気楽だが、それでもふとした瞬間に寂しさを感じることがあった。もともと一人でいることは好きだったはずだが、警察官になってからはずっと仲間と寝起きを共にしてきたせいで、集団生活が身に染みついていた。

部屋を出て浴場へ向かう際、何人かの同僚とすれ違った。

「よお我聞、夜勤明け？」

「ああ」

「お疲れぃ」

「お疲れ」

短い挨拶《あいさつ》に応じながら考える。始めの頃はなかなか馴染《なじ》めなかったが、今ではすっかり俺も警察という組織の一員になったと。

我聞は今年で三十歳になった。大学を卒業後に警察学校へ入学したのは、今から八年前のことだ。

警視庁の採用試験に合格した時、両親は「夢が叶ってよかったね」と言ったがそれは間違いだ。警察官になること自体が目標なのではなかった。罪を犯した人間は罰されなければならず、人は誰一人として傷つけられるべきではない。子どもの頃からずっとそう考えていた。正義の味方になるための最も手っ取り早い方法として、警察官になることを選んだだけだ。もし生まれつきスーパーマンのような力が備わっていたら、拳銃や手錠の力を借りるまでもなかっただろう。

初任地は渋谷《しぶや》署の地域課だった。配属された駅前交番にて、我聞は暴行や置き引きの検挙件数で署内一の成績を上げた。二年半後には生活安全課に異動となり、違法風俗の捜査や少年犯罪の取調べを担当した。池袋署に来てからは再び地域課に戻り、優しいお巡りさんとしての責務に努めた。

どれも充実していたが、最もやりたい仕事ではなかった。もっと自分なりの「正義の味方」として誰かを救える場所があるはずだと、心のどこかで常に考えていた。刑事になりたいんですと上司の前で口にしたのは、どの署の、どの課にいた時だったか。自分でも忘れていたが、巡り巡って今日、突然チャンスが訪れた。

——なのに俺は、どうしてこんなに迷っているんだろうな。

考えごとは徹夜明けの頭にこたえた。手続書を作成していたせいで、昨夜はちっとも仮眠が取れなかったのだ。

浴場から部屋に戻ってベッドに横たわると、猛烈な眠気が一気に襲いかかってきた。ああしまった、遮光《しゃこう》カーテンを閉め忘れた。そう思った時にはすでに、意識が消えかけていた。

いつもの池袋駅北口交番にいた。

藤本の姿が見当たらず、さっきまで睡眠不足だったはずの体は軽い。ならば、ここは夢の中かと気づいた。

三台ある警ら用の自転車を並べ、深夜のパトロール前の点検をしている最中だった。チェーンが外れていないか、ブレーキはきちんとかかるか、ライトは点灯するか。最後の一台に手をかけたところで、帯革《たいかく》に着けた無線機がビーッと鳴った。

『至急至急！　警視庁から第五方面池袋署、現在管内で殺人容疑事案を入電中。豊島《とし ま》区南池袋公園のベンチにて七十歳前後とみられる女性、胸部より出血。現場に向かわれたい』

——殺人容疑事案。

我聞は交番に駆け戻って現場保存テープを手にし、点検を終えたばかりの自転車に飛び乗った。公園を目指してペダルを漕《こ》ぎ始めた。

何のための交番だ、現場に一番近い俺が第一臨場《りんじょう》できなくてどうする——。

空気が耳元でうなり、スピードのせいで汗は額を真横に滑っていった。自転車のタイヤの溝に小石が食い込み、振動が伝わって尻がガタガタ跳ねた。ふくらはぎの筋肉が膨らんで言うことを聞かない。それでも漕ぎ続けた。

通報内容は殺人とのことだったが、古びたベンチに仰向けの体勢で倒れている被害者には、よく見るとまだ息があった。しかし意識不明の重体であることは間違いなく、どくどくと流れ出た血が小花柄のチュニックを赤く染め上げている。

「救急隊が到着します！　道を塞がないようお願いします！　どなたか目撃者の方はいらっしゃいませんか！」

我聞は声が嗄《か》れるまで叫び、他の警察官が駆けつけるまで現場を見張り続けた。

被害者が搬送《はんそう》されて間もなく、血痕《けっこん》のついた包丁を持った男が、平安通《へいあんどおり》交番の巡査によって確保されたとの情報が入った。

「誰でもよかった。仕事をクビになってむしゃくしゃしていた」

取調べでそう供述したらしい男の心境を、地域課の一課員に過ぎない我聞は詳しく知らない。しかし一命を取り留めた被害者の女性に、後日、交番で何度も礼を言われた。

「あなたのおかげで私は今も生きています。ありがとう。本当にありがとう」

握手した手に、額を押し当てられた。生き物の湿り気と熱を感じて思わず身を硬くした。

事件や事故から人を守りたいという気持ちは本物だが、命のぬくもりをじかに感じることは苦手だった。

「このクソばばあ。夜中に一人で出歩いちゃいけないって、俺いつも言ってただろ……。忘れたストールと自分のどっちが大事なんだよ」

被害女性の高校生の孫が、隣で声を震わせていた。目元を隠すように覆《おお》った腕の隙間《すきま》から、涙がぱたぱたとこぼれ落ちる。アスファルトに吸収されてしまえばただの小さな染みなのに、しばらくの間、我聞はその涙から目が離せなかった。羨《うらや》ましかったのだ。怒る相手がいる幸運に、気づいてほしかった。

　別れ際、帰路につく二人に向かって風を切るような敬礼をした。

「お怪我から回復されたようで何よりです。深夜の一人歩きや不審者について、ご家族の間で注意喚起をするのはとても大切なことです。これからもぜひ続けてください」

　いつも通りに振る舞えているはずだった。何が起こっても動じない、模範的な交番員の笑顔を浮かべられているはずだった。

　しかし気づけば次の瞬間、被害女性に顔を覗《のぞ》き込まれていた。

「可哀想《かわいそう》に——お巡りさん、□□□□□□□□□□があるのね」

　目を覚ました我聞は、頭にこびりついているリアルな夢の残像を振り払った。まばたきをし、めまいが起きないようゆっくりと体を起こす。寝癖を手で撫《な》でつけてみたが、水で濡らさなければ直らないだろう。

　テレビをつけると、夕方のニュースのエンタメコーナーで町中華が特集されていた。油っぽいレバニラに焼きそばにチャーハン。見ているだけで胃もたれしそうだ。

ぼうっと画面を眺めていると、感覚が徐々に現実に追いついてきた。

被害女性の手の体温、憐《あわ》れみのこもったまなざし、交番から遠ざかっていく小さな背中。

二年前の出来事を、こんなにも鮮明に思い出したのは久々だった。夢とは、脳が記憶を整理した際のおまけのようなものだという。ならば今日、この記憶が引き出された理由は何かと、ベッドに胡坐《あぐら》をかいてしばし物思いにふけった。

あの時、被害女性が去り際に残していった言葉が脳裏に蘇《よみがえ》る。

「あなたはいつか、もっと大きな事件で誰かを救うことになるんでしょうね」

本当にそうだろうか。

刑事になれば、命に関わる事件を担当することになる。自分の行動の一つ一つで、被疑者や被害者の人生が大きく変わってしまう。

それほどまでに、俺は刑事になりたいのか？

カーテンの隙間から、日が沈んだばかりの空が見えた。干しっぱなしにしていた洗濯物を取り込むために、ベッドから下りてベランダに出る。

半袖《そで》一枚では心もとない気温だが、緩やかな風が優しかった。目の前を横切るトンボに、どこへ行くんだと尋ねてみたくなる。なんとなく、このまま追いかけてどこか遠くへ行きたくなった。いつもはこんなこと思いもしないのに不思議だ。

警察官という仕事は今の自分に合っているのかもしれないと、近頃、至るところで思うようになった。理由は単純だ。愛しているものも、守りたいものもないから、捨て身になるのが人より簡単というだけのこと。我ながら哀れな奴だと、自嘲《じちょう》気味に笑いたくなった。しかしこれまでの出来事を振り返ると、こんな俺が今さら異動ごときで何を悩んでいるのかと、不思議と視界がすっきりして見えた気がした。

乾いたシャツをパシッと振ると、最後に残っていた迷いが消えた。変わらない日常が変わるということに、前向きになれたのは久々のことだった。


刑事課のオフィスは、庁舎の二階に位置する。窃盗《せっとう》や強盗や詐欺や殺人や誘拐《ゆうかい》や恐喝《きょうかつ》や強姦《ごうかん》や贈収賄《ぞうしゅうわい》や暴力団の抗争、管内で起こったありとあらゆる事件がカテゴライズされ、それぞれの係によって日々捜査が行われている。常に多忙でピリピリした空気が漂っているため、我聞は交番員だった頃も訪れるたび手に汗をかいた。今日からここが俺の職場だと思うと、決めたのは自分なのに後悔の念がわずかに頭をもたげる。

「失礼します！　自分、本日付けで刑事課に配属されました。巡査部長の小野寺我聞と申します。よろしくお願いいたします！」

全体に聞こえるよう大声で言ったが、カタカタとパソコンのキーを叩く音が響くばかりで誰も応《こた》えようとしない。何人か顔を上げ、こちらをちらりと窺《うかが》う職員もいるが、目が合うと会釈《えしやく》をして各自の仕事に戻っていく。新入りに構っている暇はないらしい。

「どうも。君が私のお手伝いさんか」

カツカツとパンプスの踵《かかと》が鳴る音がして、振り返るとパンツスーツ姿の女性が立っていた。ゆるいウェーブがかかった長い髪を下ろし、曇《くも》り一つない銀縁の丸眼鏡をかけている。

「私も今日から異動してきてね。強行犯係の係長になった阪井杏里《さかいあんり》だ。以前は築地《つきじ》署の刑事課にいた」

声色《こわいろ》は柔らかいが、逆らうことを許さない支配力が全身からにじみ出ている。我聞は思わず姿勢を正した。

「小野寺です。ご指導よろしくお願いします」

「刑事部門は初めて？　ずっとこの署にいたのかな」

「初任地は渋谷署です。地域課を二年、生安課を三年経験してから、二年前に巡査部長に昇任して池袋署の地域課に異動してきました」

「そう。じゃ、基礎から教える必要があるね」

阪井係長は視線を動かし、我聞の頭から爪先までをじろじろと観察した。使い物になるかどうか精査しているらしい。チェンジで、なんて言われたらどうしようか。

「ふん……まあ、とりあえず合格。まず始めに、なぜ君が刑事課に来ることになったか説明しよう」

どこで何を判断されたかは不明だが、ひとまずチェンジは免《まぬが》れたようだ。

阪井係長の話によると、彼女は直近四年間にわたり築地署の刑事課で盗犯係の主任を務めていたらしい。しかし警部補に昇任したことにより、半年間の交番勤務を終えてから、池袋署の強行犯係に異動してきたとのことだった。本来ならば係長とは単独で事件を請け負う役職だが、阪井係長は新任のため、特別に補佐を一人つけることとなった。とはいえすでに仕事を抱えているペアを解体するわけにもいかず、我聞に白羽の矢が立ったというわけだ。

「このあたり、今まで縁がなかったから私用でもめったに来なくてさ。悪いけどあんまり詳しくないんだ。どんな事件が多いの？」

「体感ですが、未成年の万引きです。駅の東口側に、十代向けのテナントが入ったショッピングセンターがいくつかあって。漫画やゲームソフトを扱っている店は、一度の被害額が特に大きい傾向にあります」

「なるほど。都内とはいえ、やっぱり土地柄によって違うものだね」

阪井係長は頷き、髪をかき上げた。右耳に三連ピアスの穴が開いているのを見つけて我聞はぎょっとした。

「……何？　変な顔してるけど」

「あ、いえ。築地署はどうですか」

「あのあたりはハイブランドの店が多いから、外国人窃盗団の犯行ばかりでさ。民間通訳人に何度力をお貸しいただいたかしれない。あれ、手続きが面倒なんだよ」

阪井係長はそう言って、たった今一仕事終えてきたかのように溜め息をついた。

「喫煙所って、どこにあるかわかる？」

「署を出て、駅かサンシャインシティへ向かう大通りの途中に」

「あー、なんとなく理解した。小野寺は吸わなさそうだね」

「わかりますか」

「ここにヤニの色がついてないから」

阪井係長は自分の口元を示した。

「人工物みたいに真っ白な歯で言われても説得力ないですよ」

「肺は真っ黒だよ」

鋭く切り返して短く笑い、彼女はパンプスの爪先の向きを変える。

「デスクはあそこに一つ空いてる。私が戻ってくるまで、新しい仲間に挨拶でもしておきな」

「了解しました」

我聞は自分のデスクへ向かった。刑事課は各係に六、七人の刑事がおり、それぞれがデスクを寄せ合って作った「シマ」の中で働いている。

「小野寺です。ご指導よろしくお願いします」

入室した時とさして変わらないことを言ったが、「よろしく」「こちらこそ」と、今度はぽつぽつ反応が返ってくる。どのデスクにも書類の山がそびえていて、お互いの表情すらまともに窺えない状態だったが。

「交番上がりなんだってな」

隣のデスクの刑事に話しかけられた。乱雑に広げられている書類の捺印《なついん》を見るに、森木《もりき》という名前らしい。

「どこかで見た顔だと思ったら、去年の採用パンフレットか。キャッチコピー『交番の優しいお巡りさん』だったろ。合ってる？」

「はい。もうお巡りじゃないですけど」

「パンフレットより老けて見えるな」

我聞の反応など気にしない様子で、森木はデスクチェアを回転させてこちらを向いた。

「いくつ？」

「今年で三十になりました」

「へえー。ま、同じ巡査部長同士仲良くやろうぜ。俺の方が年齢も刑事歴も二年先輩だけどな！」

そう言って握手を求めた後、森木は刑事課の出入り口に目を向けた。

「新しい係長はまだ二十八だぜ。高卒採用であんな昇進早いのって化け物だろ」

「確かに。珍しいですね」

「お前も気の毒になあ。新入りってだけでも辛いのに、年下の女上司の補佐だなんて。メンツ丸潰れじゃねえか」

「そんなことはないですが……」

コンプライアンスに反する話題は避けるに限る。直属の上司がどんな人間だろうと、俺は刑事として仕事が与えられればそれでいい。

我聞はデスクに向き直った。前日に地域課から持ってきたパソコンは隅《すみ》に押しやられ、代わりに分厚い事件簿が幾冊も積まれている。これを読んで勉強しておけ、ということだろう。

一冊手に取ってページをめくっていると、五分後に阪井係長が戻ってきた。

「私の補佐とはいえ、小野寺にもきちんと責任を持って働いてもらうよ。君の作る書類はわかりやすいって聞いたからね。期待している」

そう言って、新たなファイルを数冊手渡された。開いてみると、どのポケットにもぎっしり書類が収まっている。差押《さしおさえ》調書に捜査関係事項照会書に身体検査令状請求書。見ているだけで目がチカチカしてきた。

「不安になった?」

「いえ」

かぶりを振って我聞はファイルを閉じた。

「おい、コーヒー」

一人の刑事がぽつりと呟いた。「俺も」「俺も」と、何人かがあとに続く。

「はい、ただ今」

若い巡査長が返事をした。

「俺がやります」

我聞は慌ててその肩を押しとどめる。

「え？　今日くらいはいいですよ。小野寺さん、僕より上の階級でしょ。同期の藤本から聞いてるんです」

「いえ、俺が一番新入りなので。やります。やらせてください」

やる気のない奴だと思われたくない。我聞が頼み込むと、巡査長は「はあ」と気圧《けお》されたように頷いた。

「では小林《こばやし》さんには砂糖二つとコーヒーフレッシュ一つ入れたコーヒーを、森木部長には濃い緑茶を淹《い》れてください。今日は暑いので若干《じゃっかん》ぬるめにしてください。中神《なかがみ》さんには冷蔵庫のオレンジジュースをお願いします。氷は三つで。山中《やまなか》部長はその日の奥さんの弁当次第で決まりますが、今日はサンドイッチ用の袋だったので紅茶にしてください。ティーバッグがまだ残ってるはずです。北田《きただ》部長はマイボトル持参なのでいりません。ですが訊《き》かないと不機嫌になってしまわれるので、必ず訊いておきましょう。阪井係長はわからないけど、歯をホワイトニングしてるってことは、ミネラルウォーターかブラックコーヒーじゃないですか？　もし訊けそうになかったら、とりあえず両方出してみたらいいと思います」

「ホワイトニングしているのにコーヒーを？」

「頻繁《ひんぱん》に飲むからこそ、気を遣っているのかもしれないじゃないですか」

「なるほど」

細かくて面倒だな、と反射的に浮かんだ考えを我聞は振り払った。刑事の優れた記憶力や観察眼は、案外、こういった些細なところから磨かれていくのかもしれない。捜査のあれこれを記録するつもりだったメモ帳の最初のページに、係員の名前と飲み物の好みを書いておいた。

丁寧に説明してくれた巡査長に礼を言い、給湯室へ向かった。刑事課用の冷蔵庫を開けると、ペットボトル入りのオレンジジュースも紅茶と緑茶のティーバッグもコーヒーの粉も砂糖もクリープも、冷やす必要がないものまで雑多に詰め込まれていた。電気ポットの横には水切り用のラックがある。刑事課全員分のマグカップが逆さに置かれ、油性ペンで側面にそれぞれの持ち主の名前が書かれていた。

支度を終えてから、トレイにマグカップをのせて刑事課のオフィスに戻った。

阪井係長にミネラルウォーターかブラックコーヒーのどちらがいいか尋ねようとしたが、あいにく電話対応中でしばらく手が離せそうになかった。迷った末に、両方ともデスクに置いた。頃合いを見て窺うと、ホワイトニングした歯の色を保つためか交互に口をつけている。あの巡査長はここまで見越して俺に指示を出してきたのかと、我聞はひそかに舌を巻いた。

新入りが雑用をこなすという暗黙の了解は、どの組織にも少なからず共通してあるものだ。しかし刑事課は特にそれが顕著《けんちょ》だった。

強行犯係に配属されて、我聞は朝の六時に出勤することが日課となった。

起床後はシャワーを浴びて髭《ひげ》を剃り、歯を磨き、スーツに着替えてから、まず宿舎の近くにある二十四時間営業のスーパーへ向かう。課の備品を買い足して出勤し、ゴミをまとめつつ取調室や講堂、面会室、証拠品倉庫、トイレの掃除をする。刑事課に戻って阪井係長のデスクを整頓《せいとん》し、給湯室の電気ポットに水を汲《く》み、コピー用紙をコピー機にセットする。それからようやく自分の仕事に取りかかる。

今日は強制わいせつ事件の被害者の衣服に付着していた体液を鑑識に出そう。マネキンを使って実況見分《けんぶん》をしよう。張り込みの日程を決めよう。目撃者調書を巻こう。倉庫で証拠品の整理をしよう。連続窃盗事件の被害品をリストアップしよう。領置調書をとろう。捜査関係事項照会回答書を確認しよう。その後で捜査差押許可状請求書を提出する時に付ける捜査報告書に目を通そう。この前出来上がった弁解録取書を提出しよう。鑑定嘱託《しょくたく》書に間違いがないか聞きに行こう。押収品を再チェックして、事件簿を借りて、総括《そうかつ》報告書のコピーを見て、それから…………。

いくら働いてもやることは尽きない。

昼になったら課の全員分の出前を取って回り、山中部長の弁当を確認してから飲み物を出す。午後からはまたデスクワークの続きに取りかかり、ほとんど立ち上がらないまま、退庁時間を告げるベルが鳴る。気づけばとっくに深夜で他の刑事らも帰っていて、当直員の他には自分しか残っていないことも珍しくない。

エレベーターを上がればすぐ宿舎に着くから、終電を気にする必要はない。同居人などいないから、部屋のドアを開ける時に物音を気遣う必要もない。私生活と仕事が調和していて、これ以上ないくらいに便利だ。けれど日々があまりに単調に過ぎていくせいで、まるで自分がゼンマイ仕掛けの人形になったような気がした。

加えて、刑事になった実感があまり湧かないのも事実だった。係長補佐という立場だからか、警視庁本部からの緊急指令があっても、我聞は現場に駆り出されることが極端に少なかった。

「小野寺はここにいなさい。他のペアに行かせるから」

と、阪井係長の一言でいつも引き止められてしまう。だから仕方なくデスクチェアに座り直し、書類を作成しながら、仲間が無事に戻ってくるのを待ち続ける。安全な本署で、今まさに起きている事件のことなど何も知らないかのような通常運転で。

机にかじりついて書類仕事に明け暮れる刑事の姿を、採用パンフレットを見た誰が想像できるだろう。俺はまさか事務処理要員としてここに呼ばれたんじゃないだろうな……と、不安と不満が心の中で徐々にかさを増していった。

「俺、ずっとこのまま事務仕事だけなんですかね……」

　ある日、我聞はとうとう森木にぼやいた。

「無線が鳴ってるのに座りっぱなしでいると、自分が役立たずになった気がしてきます」

「贅沢《ぜいたく》な悩みだな！　長いこと交番にいたならわかってると思うが、現場担当だって辛いんだぜ？　お前、大勢の酔っ払い喧嘩《げんか》を現場判断するのとデスクで調書を巻くの、どっちが楽だと思う」

「それは調書ですが……でも楽な仕事と、やりたい仕事は別でしょう」

「そうやって仕事を選んでるうちはダメだね」森木は組んだ手を掲げて伸びをした。

「嫌な仕事ほど率先してやるようにならなきゃ。てなわけでこれ、よろしく」

　そう言って、自分のデスクの上にあった書類を押しやってくる。

「あ？　おい、森木さん！」

「俺、今日当直だから。すまんね」

「勘弁してくれよ……」

　逃げるようにオフィスを出て行った森木を追うことを諦《あきら》め、我聞はデスクチェアの背に体を預けた。この役回りが、一体あとどのぐらい続くのだろうと、ブルーライトが沁《し》みる目をぎゅっと瞑《つむ》って考える。換気扇のヴーンという音が、耳鳴りと共鳴していた。睡眠以外の方法で手っ取り早く疲れを取りたいが、ビタミン何が不足しているのかわからない。

その後、気を取り直して作業に集中していた我聞は、コツッ、コツッ、というかすかな足音で我に返った。顔を上げた拍子に、デスクの上に置いていたメモ帳を落としてしまう。拾うためにに身をかがめると「まだ誰かいるの？」と声がした。

「はい、お疲れ様です」

「小野寺か。遅くまでご苦労様」

顔を上げると、宿舎に帰ったはずの阪井係長がドアのそばに立っていた。

「スマホを忘れてさ。プライベート用の方だから明日でもいいかと思ったんだけど」

言いながら、彼女はデスクの上にあったピンク色のカバーがかかったスマートフォンを手に取る。そのまま刑事課のオフィスを出て行くでもなく、我聞のパソコンの画面を覗き込んだ。

「これ、小野寺が担当してる事件じゃないはずだけど」

「森木さんのです。進めておかないと送致に間に合わないので」

「押し付けられたのか。噂《うわさ》には聞いてたけど、まさか人の書類までこんなに丁寧に作るとはね。ちょっと優しすぎなんじゃないか？」

「いえ……」

「蛍光灯、一列しかつけてないと視力が落ちるよ」

「エレベーターに、節電の貼り紙があったので。できるだけ協力しようかと」

「貼り紙？　宿舎のところの？」

何がおかしいのか、阪井係長は噴き出した。

「あんなの、気にしてる奴がいるなんて思わなかった。この世の全員が小野寺みたいに真面目な性格だったら、地球温暖化は食い止められるのかもしれないね」

褒められているのか茶化されているのかわからない。我聞は曖昧《あいまい》に首を傾《かし》げた。「真面目だね」「優しいんだね」といった言葉は子どもの頃から幾度となくかけられてきたが、それらが必ずしもポジティブな意味ではないということを、いつからか理解していた。書類を仕上げるのが遅いだとか、余計な仕事まで引き受けすぎだとか。それらの言葉はオブラートに包めば、真面目さや優しさと言い換えることができる。かといってそれに気づけないと、今度は「鈍い奴」というレッテルを貼られてしまうのだから、コミュニケーションは難しい。

仕事に戻ろうと思ったが、突然の上司の登場のせいで集中力は失せてしまっていた。首と肩を軽く回し、デスクチェアの背にかけていたジャケットに袖を通す。

「終わり？」

「はい。これだけ進めれば森木さんも楽かと」

「そう」阪井係長は軽く頷いた。

「ちょっと訊くけどさ。小野寺、最近不満に思っていることがあるよね」

我聞は思わず動きを止めた。冷たいものが、ひやりと心臓のあたりに落ちてきた気がした。

「ありませんよ」

「刑事に嘘が通じるとでも思ってるの？」

「いえ……すみません」

「言いなさい」

阪井係長の瞳は、まるで支配力をつかさどる宝石だ。鋭く、厳しい、深いこげ茶の、あまりにも逆らいがたい目。いったい過去に何人の被疑者が、この目に自白を迫られてきたのだろう。我聞は尋問されているような気分になった。

「……俺、現場に出たいんです」

頭の中で燻《くすぶ》っていた悩みも、声に出すとたった一言でまとめられてしまう。なんだ、こんなに簡単ならもっと早く言えばよかったじゃないか。そう思った瞬間、言葉が次々にあふれ出てきた。

「刑事になれば、もっと事件と密接に関われると思っていました。でもいざ来てみたらデスクワークばかりで、他の係員が集めた証拠品や証言をひたすら紙にまとめるだけで。これでは、無線の聞こえる場所にいる意味がありません」

「意味がないって……」

阪井係長は呆《あき》れたように言い、腕を組みかえた。

「私は適性を見て仕事を割り振る。小野寺は事務処理が得意でしょ？　君が作成している調書は、直接ではないけど事件の解決には必要不可欠なの。それだけじゃ満足できない？」

「はい」我聞は深く頷く。

もちろん、書類が大事だということは理解している。しかし、刑事の仕事はそれだけではないはずだ。もっと色々な場所で、様々な事件の捜査に携《たずさ》わりたかった。それに現場のことをよく知れば、作成する調書の質も上がるはずだ。

「仕事を選べる立場ではないことは承知しています。しかしこのままでは、俺は刑事を名乗れないような気がするんです」

「なるほどね……」

阪井係長は近くのデスクから椅子《いす》を引いて座り、今度は脚《あし》を組んだ。

「その意気込みは大いに結構。私からも、ちょうど小野寺に話そうと思っていたことがあってさ」

「俺に話したいこと？」

まさか、交番に送り返されるんじゃないだろうな。

我聞は心臓の鼓動が速くなるのを感じた。立場をわきまえずに子どもじみたわがままを言わなければよかったと、早くも後悔の気持ちが膨らみ始める。えもいわれぬ緊迫感に呑《の》まれ、気づけば喉が砂漠のように渇いていた。

「警察学校と少年刑務所って、似てると思わない？」

「は？」

耳を疑った。

「すみません。今何て――」

「起床のアナウンスに朝の点呼、慌ただしい食事、厳しい歩行訓練、教官による講義、早めの消灯。他にもあるよ。考えてみればみるほど共通点が出てくる」

あっけにとられた我聞をよそに、阪井係長はつらつらと例を挙げる。

「おかしいと思わない？　警察学校の新人巡査と少年刑務所の服役囚《ふくえきしゅう》って、年齢こそ近いけど立場は正反対だろう。だけどそんな奴らが、よく似た施設の中で、よく似た格好で、よく似た生活を送らされているんだよ。塀に囲まれた建物の中で、この世の正しさとは何か、正しい人間とはどうあるべきか、来る日も来る日も考えさせられているんだよ」

「はい……そう、かもしれないですね」

我聞は言葉を濁した。阪井係長の言っていることは要領を得ないが、おかしいと思わない？　と訊かれたからには、何かしらリアクションをせねばならなかった。

「なあ小野寺。もしも少年刑務所に、現存するどの警察官よりも警察官に向いている服役囚がいたとしたらどうする？」

「どうするって」

「答えなさい」

「……どうもしません。刑期明けまで拘禁《こうきん》するだけです。でもそれは、刑務所の仕事であって警察のすることじゃ」

「もちろん、普通はそう。でも考えてみてほしい。刑事に必要なありとあらゆるスキルを備えていて、かつ犯罪者の心理に精通した服役囚は、とんでもなく優秀な捜査官になるんじゃない？」

我聞は言葉を失う。

それは話としては理解できても、警察官としては受け入れがたい考えだった。都民を守れ、誇りを持って正義を貫《つらぬ》けと、警察学校時代から教官にさんざん叩き込まれてきた。警察署に着任してからも、敵はいつだって管内の平和を脅《おびや》かさんとする犯罪者たちだった。なのにそれが捜査官になるなんてことが、あって許されるはずがない。

悪事を働く人間を許してはならない。

彼らを街に野放しにしてはならない。

阪井係長の問いは、そんな我聞の信念を根底から揺さぶるものだった。

「……もし、仮にそうだとして」

強い口調で前置きした。

「そんなもしもの譬《たと》え話が何になるんですか。さっきからおっしゃっていることの意図が理解できません。俺の臨場に関する話をしてくださると思っていたのですが」

「これがその話だよ。小野寺には、今度うちの署が預かる服役囚のお目付け役になってもらいたい。そして彼と一緒に現場に出るんだ」

我聞は口を開き、何を言うべきか悩んだ。ご冗談を、と笑い飛ばすこともできたが、脳が情報を上手く処理できなくなっていた。

阪井係長は、そんな部下の様子に慌てることもない。「一気に言いすぎたかな」と呟き、我聞の混乱が収まるのを待っていた。

「フクエキシュウソウサカタンソチ、っていうんだけど」

「服役囚……捜査加担、措置」

「そう。まだ試験段階だから、受け入れるのは若い男性の服役囚一名のみ」

「……さっき、お目付け役とおっしゃいましたね。そいつの相手を、俺がしなきゃならないってことですか」

どうか嘘だと言ってほしい。現実を受け入れたくなくて、体中の血が嫌な具合に騒いだ。しかし返ってきたのは「きちんと理解しているみたいだね」という、あっさりした回答だった。

「初めに言った通りだよ。次にこの池袋署に強行犯の捜査本部が設置された時、小野寺には一課の刑事とじゃなく、服役囚とペアを組んでもらう」

「そんな危険なこと……本気で言ってるんですか？　もし仮に引き受けたとして、捜査中に服役囚が問題を起こしたらどうなるんですか。傷害事件に発展して、管内で被害者を出してしまうかもしれない」

「その点は心配ない。いざという時はすぐ制圧できるように、服役囚には常に三名程度の監視を付けるよ。彼らには遠くから君らを見張ってもらう。捜査に介入はさせないけど」

阪井係長は我聞の目を覗き込んだ。

「小野寺が一番の適役なんだよ。君は地域課で後輩の指導を経験しているし、巡査部長昇任試験に一度で合格している。それに生安課にいたから青少年の扱いを心得ているし、宿舎の部屋だって一人で使っているだろう?」

「宿舎は関係ないでしょう」

「いや」

せめてもの反論は瞬時に取り下げられた。

「宿舎だって大いに関係あるよ。服役囚を二十四時間つきっきりで見張るには、同じ空間で生活することが不可欠だからね」

「署の宿舎に犯罪者を……?　俺に犯罪者と同居しろって言ってるんですか」

「そう。もちろん、適切な拘束と監視はされるから安心して。小野寺ならできるよね?　一度やると決めたら自分の都合で仕事を投げ出すことは許さないって、異動の時に言われなかった?」

「こんな内容の仕事だなんて……」

頭の芯が鈍く痛み始めたのを感じる。切れかかった天井の蛍光灯が、死に際の生き物のように弱々しく明滅していた。床に反射した光でそろそろ取り替え時かと気づき、我聞は天井を見上げる。立ち上がった阪井係長に、いつの間にか距離を詰められていた。華奢《きやしや》な体から、威圧感が波のように押し寄せてくる。

「強行犯係は刑事課の中でも特にシビアな部門だよ。捜査に手段なんか選んでいられない。わかってほしいんだ小野寺。私が欲しいのは従順で有能な部下だけ。君がさっき言った通りだけど、デスクワークだけの刑事なんか刑事と呼べないよね。ここでイエスと頷けないなら、私は刑事としての君を軽蔑《けいべつ》する」

——軽蔑。

突然ぴしゃりと叩きつけられたその言葉に、我聞は顔面を殴られたような衝撃を覚えた。

俺は、今日まで真面目に働いてきたのに。

誰より模範的な警察官だったはずなのに。

たった一つの、それも冗談みたいな内容の仕事を引き受けなかっただけで、軽蔑される程度の奴に成り下がってしまうのか？

「小野寺」

ひときわ大きな声に思考を遮《さえぎ》られた。

「やると言いなさい。君も警視庁に認められた一人の警察官なら、個人的な感情は捨てるべきだ。仕事をする意味なら、やりながら見つければいい。今はその口をハとイの形に動かすだけ。わかった？」

　そう言われて我聞は理解した。これは選択ではないのだ。選ぶ権利は俺にはない。

「わかった？　返事は」

「…………はい」

「次に捜査本部が設置された時には、君が責任を持って服役囚の面倒を見るんだよ」

「…………はい」

「大丈夫、管内で事件が起こらない限り措置は実施されない。この方法を使わずに済むよう防犯に励むのも警察官の務めだ」

「…………はい。あの」

「何？」

「この話、どこまで広まってるんですか。マスコミとか」

「知っているのは、警察庁の一部上層部とこの署の幹部と、私と小野寺だけ。受け入れる準備ができていない民間には当分隠し通す」

「了解しました」

　もう小さな子どもではないのだから、我聞も国家の武力集団である警察が清廉潔白《せいれんけっぱく》だなんて信じてはいない。しかしベールで覆い隠された裏の顔をこうして不意に覗き見てしまうと、正義とはいったい何なのかわからなくなる。小説やドラマやアニメや漫画で何百回何千回と取り上げられてきたテーマのはずなのに、いまだに答えが出ていないことが不思議だ。余計なことを考えるのはやめるべきかもしれなかった。現時点でできることは、服役囚のお守りをせずに済むよう、割り当てられた事件を捜査し、調書にまとめ、再犯を防ぐことだけだ。

○

その時が来るのは早かった。

一週間後、池袋署の無線機が全署員の注目を集めた。プーッという音の後に、事件発生を示す赤いランプが灯《とも》る。ちょうど給湯室から全員分の飲み物を淹れて戻ってきた我聞は、立ち止まって耳を澄ませた。

『警視庁から第五方面池袋署管内、消防からの転送で変死の届け。現場は西池袋十三－四－十、ホテルロワイヤル三〇二七号室。室内において六十歳前後の男性が死亡状態。消防隊は現場にて待機。室内に荒らされた状況は見られない。至急係員の現場臨場願いたい』

「……嫌な予感がするな」

阪井係長が呟いた。一斉に立ち上がろうとしていた係員らは、その発言でぴたりと動きを止めた。こういう時の、この上司の勘は当たるのだ。

「小野寺」

「はい」

「私たちが行こう。すぐ活動服に着替えて」

「はい！」

我聞はトレイをデスクに置いた。マグカップからしずくが跳ね、宙で球体となった後に再びコーヒーの海へ落ちた。

もしもあの話を聞く前だったら、今はただ、臨場に対する緊張感だけを気にかけていられただろう。どうか事件性のないものであってくれと、我聞の胸は不安でプレスされたように痛んだ。

署の階段を駆け下り、運転席に乗った阪井係長に続いて助手席に滑り込む。ドアを閉めた瞬間、エンジンが低いうなり声を上げた。ダッシュボードの無線機を摑む。

「池袋六三より警視庁。刑事課強行犯捜査係阪井及び小野寺で現場に向かうどうぞ」

『警視庁本部了解』

少し前に森木から聞いたが、どうやら阪井係長は公用免許の停止を食らったことがあるらしい。だからなんとなく予想と覚悟はしていたが、それを軽々と上回るくらい彼女の運転は荒かった。サイレンを鳴らして緊急走行しているのをいいことに、曲がり角でもスピードを落とさず、縁石に乗り上げそうになっている。交通課の警察官が見たら、十人中九人は卒倒するはずだ。残る一人は公用車の無事を祈って泣くだろう。

我聞は思わずドアのアームレストを握りしめて叫んだ。

「緊急時も安全運転してください！　ぶつけたりしたら余計に時間かかりますって」

「今のとこ対向車いないから平気！」

「違う違う違うそこ正面に電柱！」

「うわっ、最悪」

阪井係長は慌てて目いっぱいハンドルを切ったが、すでに遅い。右折するタイミングが悪く、バンパーが電柱にぶつかってゴリッと嫌な音を立てた。少し先の交差点で違反切符を切っていた交番員が、すかさず駆け寄ってくる。

「あーあ……サイレン鳴らしてどこ行く途中なんですか」

「検視。今の見なかったことにしてくれない？」

「駄目っすよ。僕が後で所長に怒られるんで」

「じゃ、署に報告しておいてくれるか？」我聞は口をはさんだ。「阪井係長、俺が運転します」

助手席から降り、交代して運転席に乗り込む。片手でレバーを探り、シートの位置を調節した。

「係長……パトいないから平気って、普通、元パトカー勤務の俺の前で言いますかね」

「悪かったよ」

阪井係長はテストで悪い点を取った子どものような顔をした。

「検視だろうが何だろうが、臨場を決めたら私は常に最速で現場に向かうって決めてる。こんな時に捕まるなんて最悪だよ。それに今回は事件性があったら、警察庁にも連絡して小野寺のバディを派遣してもらわなきゃならないのに」

「俺としては、病死の方がありがたいですが」

「当たり前。服役囚なんてそう簡単に外に出されてたまるか」

「どこから派遣されてくるんですか？」

「川越《かわごえ》少年刑務所。奴は寒くて暗い独房からやってくる……どんな罪を犯したのかは私も知らされてない。新しい措置の試運転に使われるってことは、よっぽどの模範囚かワケアリだと思うけど」

「それは嬉《うれ》しくないですね」

「管内で変死体が発見された時点で、すでに嬉しくはないよ」

阪井係長は溜め息をつき、助手席に深々と沈み込んだ。我聞はエンジンをかける。

「ちょっ、そんなんだとまたぶつけますって！」

焦る交番員の声が追いかけてくるのも構わず、アクセルを踏み込んだ。

「上司には安全運転ってうるさかった癖に、自分はいいのか」

「荒いのと急ぐのは別なので」

幸い、道路は空《す》いていた。ホテルの駐車場で二人は降車した。入り口へ向かうと、コンクリートの舗道に足音が響く。阪井係長は歩くのが異様に速かった。俺の方が身長は高いのにどうなってんだよと、我聞は小走りになってついていく。片手に下げた銀色のトランクケースの中で、検視用具がカチャカチャとぶつかり合っていた。

「あと二人は必要ですよね」

「後から来るよ。先に進めておいてくれって」

二人はロビーでエレベーターに乗り込む。

「三〇二七号室だったよね。三階か……それとも三十階か」

「三十階です」

我聞は頭上の案内板を見ることなく答えた。ちょうど一年半前、組織犯罪対策課の応援要請を受け、違法薬物の取引現場に張り込みをしたことがあった。それがこのホテルだったのだ。警察学校を卒業したての藤本とともにロビーのソファに座り、出入りする客に目を光らせていただけだったが、シャンデリアが下がった豪華な内装をよく覚えている。

「三十階って、確かスイートルームしかありませんよ」

「そうか。スイートルームのスイートは甘いって意味じゃないって、小野寺知ってたか？」

「割と一般常識だと思いますが……」

現場のフロアに着くと、廊下の奥まったところにKEEP OUTの黄色い立ち入り禁止テープが張られているのを見つけた。三〇二七号室に入る前に、我聞と阪井係長は検視の支度を整えた。刑事課用の腕章をピンで腕にとめ、マスクで口元を覆い、ビニールのカバーを頭と靴《くつ》に装着する。手には透明のゴム手袋をはめる。最後に帽子を被れば完了だ。

ドアのそばに、第一発見者の清掃員、通報者のホテルマン、支配人の男が待機していた。部屋の中から、一人の警察官がテープの下をくぐって顔を出した。

「あ、小野寺部長」

我聞に気づき、藤本巡査は両眉を上げる。

「刑事になってから初めて現場で会いましたね。今までずっと署に引きこもってたんですか？」

「そんなとこかな」

我聞は苦笑して藤本の横をすり抜け、部屋の中へ入った。自動ロックがかからないよう、ドアにはストッパーが挟まれている。ノブには「起こさないでください」のプレートがかかったままだった。

室内にいた交番員に促《うなが》され、バスルームへ入った。壁一面が巨大な窓になっており、三十階の高みから地上を見渡すことができる。

ジャグジーバスに張られた湯はすっかり冷め、遺体はその中に沈んでいた。背が低くがっちりとした体形の男性で、薄くなった頭髪は白い。衣服は身に着けていなかった。

作業を開始する前に、我聞と阪井係長は手を合わせて目を閉じた。事件でも事故でも、そこにある遺体がどんな人物のものであっても、弔意《ちょうい》を示さずに足を踏み入れることは許されない。

現場を一通り撮影したのち、鑑識係と協力して遺体を浴槽《よくそう》から引き揚げた。すでに死後硬直が始まっている。死亡してから三時間以上が経過している証拠だ。

遺体の顔にカメラのレンズを向けた我聞は、ふと妙な既視感を覚えた。

「何?」

思わず手を止めると、怪訝《けげん》な表情の阪井係長に尋ねられる。

「この顔、見たことがある気がするんです」

「知り合いか？」

「そういうわけではなく……すみません、思い出せません」

「言われてみれば、私も見覚えがある気がする」

阪井係長はしばらく手を止めて考え込んでいたが、やがて気を取り直したように顔を上げた。

「まあいい。遺体を撮り終わったら、小野寺は先に身元がわかるものを探して。私は検視を進める」

「了解」

ベッドルームへ移動しつつ、我聞は手袋を白い布製のものに付け替えた。キングサイズのベッドに歩み寄る。男物の下着が一揃《ひとそろ》い置かれているが、寝具に目立った乱れはなかった。シーツの一部に、丸い皺《しわ》が寄っているだけだ。被害者が腰かけた跡だろう。

ベッドサイドテーブルの下に、黒いボストンバッグが一つ置かれていた。我聞がその中身を探る間、阪井係長は遺体の外傷や溢血点《いっけつてん》を調べ、メジャーで瞳孔《どうこう》の大きさを測っていた。パシャッ、パシャッと、水が跳ねるようなシャッターの音が響く。

「免許証ありました。氏名は小鳥遊大河《たかなしたいが》、生年月日は昭和三十年十一月二十四日」

バスルームに戻って顔写真を遺体と照合したところ、本人のものとみて間違いなさそうだった。

「スマートフォンは？」

「見当たりません」

「金庫や上着のポケットは確認した？　私は今から本部の検視班と警察庁に連絡するから、探し終わったら指紋とって直腸温度《ちょくちょう》も測っておいて」

「了解」

我聞は反射的に答え、その後でハッと我に返った。

「……あの、連絡するってことは」

「これだけ条件が揃《こん》っていたら、他殺と考えた方が自然。首に小さい内出血があるから、もしかしたら注射痕かも」

早口にそれだけ言うと、阪井係長は廊下へ出て行った。

こみ上げてきた溜め息を飲み下し、我聞は物色を続けた。

財布から現金とカードは抜き取られておらず、室内に荒らされた点はなく、遺体にも抵抗した痕《あと》はない。だからといって病死と断定できるわけではないが、阪井係長の言う「条件」が何なのか、我聞にはわからなかった。投光器で床を照らしてみたが、浮かび上がる足跡はどれもホテルのスリッパのものだ。個人の特定はできそうにない。

バスルームに戻り、窓の外に視線を向けた。

あるものに目が留まった。ここからぎりぎり視認できる位置にある、建設中のマンション。灰色をしたその工事用シートに、TAKANASHIという文字が記されていた。三羽の小鳥が輪になって遊んでいるデザインのロゴマークが、風を受けてはためいている。

一つの仮説が頭に浮かび、けれど直後に、まさかな、と苦笑して打ち消した。それでも確かめずにはいられず、活動服のポケットからスマートフォンを取り出す。「小鳥遊　建設会社」と、インターネットで検索をかけた。目に付いたサイトにアクセスする。

『小鳥遊建設／企業情報／役員紹介』

《代表取締役　小鳥遊大河》

探すまでもなかった。動揺して後ずさると、床に置いていたトランクケースに踵がぶつかってガタンと大げさな音を立てた。

役員紹介の一番上、代表取締役社長という肩書がついた写真は、まさに今、検視が行われている遺体の男のものに他ならない。おそらくニュースやCMで顔を見たことがあったのだろう。だから写真を撮った時に、既視感を覚えたのだ。

「小野寺！　サボってないでさっさと検視を終わらせて」

ドアの外から阪井係長が顔だけ覗かせて言った。我聞はスマートフォンをしまい、今しがた判明した遺体の身元について話す。

「……わかった。親族への連絡は署の奴に任せるから、小野寺は藤本に従業員からの聴取内容を聞きなさい。それから検視班が来たら手伝いをして、本部に状況報告の無線を入れて」

「了解」

我聞は廊下から藤本を呼び寄せ、遺体発見から通報に至るまでの聴取内容を尋ねた。

「被害者は昨日二十日の午後八時頃に単独でチェックインカウンターを訪れましたが、後から連れが来るとの旨《むね》、従業員に話していたそうです。しかし三〇二七号室のレジカードを記入しに訪れた客はそれ以降おらず、他殺の場合、犯人はほかの利用者に紛《まぎ》れてホテル内に侵入したものと思われます」

藤本の報告はわかりやすく的確だった。これも俺の教育の成果かと、我聞はしみじみした気分になる。子どもの成長を実感する親ってこんな感じだろうか。

「小野寺部長、追加で三人に訊いておきたいことありますか？」

「いや大丈夫だ、ありがとう。助かったよ」

静かに礼を言い、記録を取り終えたメモ帳を閉じた。

藤本が現場を去ると、再び遺体とともに取り残された。手袋を付け直して指紋を取り、直腸温度を測る。現場保存のために窓を開けることはできず、もう十月も半ばだというのにバスルームは蒸し暑かった。頭のビニールカバーから汗が滴《したた》り落ちそうになり、遺体に付着しないよう慌てて身を引いた。

時間を確認しようと顔を上げた時、背後から複数の足音が近づいてくることに気づいた。男物の革靴特有の、沈むような重々しい音だ。

——奴は寒くて暗い独房からやってくる。

阪井係長の言葉が脳裏に蘇った。我聞は目を見開き、後ろを振り返る。

「お前が池袋署の新しい刑事？」

そこには、警視庁本部からやってきた検視班の班長が立っていた。

「あ……そうです。小野寺といいます」

答えた後で、ひそかにほっと息をつく。やってきたのが服役囚ではなかったことに、ひどく安堵《あんど》していた。服役囚との捜査は決定事項なのだから、今さら何をどうすることもできない。それなのに、できる限りその瞬間を先延ばしにしようとしている自分が情けなかった。

検視班の班長は、遺体をしげしげと観察している。

「さっきそこで阪井が電話してたのを盗み聞きしたんだけどさ。この仏さん、小鳥遊建設の社長なんだって？」

「はい」

「そりゃまた、今季一番の毛並みの良さだな。どいて」

言われるがまま後ろに下がると、本部の刑事らが一斉に遺体を取り囲んだ。

「あの、何か手伝うことは」

「いいから！　邪魔にならない場所にいて」

「……了解」

所轄《しょかつ》の警察官というのは、自分の無力さを至るところで実感させられる立場だと我聞は思う。例えば、今のように「署の巡査部長程度では捜査の役に立たない」とつまはじきにされた時。パトロール中に駐禁切符を切って、ドライバーに逆恨みされた時。万引きで推薦入学を取り消された高校生から、実は同級生に強要されてやっていたのだと後から明かされた時。ＤＶの被害者と加害者の復縁を止められなかった時。

俺のしていることは、世の規律を正すというより、誰かの日常を引っ搔《か》き回すことなのではないか？　ただの地方公務員が人々の安全のためにできることなど、本当は何一つないのではないか……。

警察官になってからというもの、数えきれないほど悩まされてきた。

検視班が到着してからおよそ十五分後、新たな人物が現場に姿を現した。

「うわっ！　ホントに死んでるよ」

突如として場違いな声が響き渡り、全員がぴたりと動きを止める。

「それに真っ裸だし。ったく、目に悪いなー。股間《こかん》くらい隠してやんなよ」

頭で考えるよりも先に、我聞は声の主が誰なのか理解した。無視することなどできない。首が錆《さ》びついたかのようなぎこちない動作で、部屋の入り口を振り返った。

背が高く、ひどく痩《や》せている。骨ばった手足は長く、貧相な肘《ひじ》と膝が目立っていた。二十歳《はたち》を超えるか超えないかといった年頃で、寝癖がついた髪は茶色い。薄いピンク色のTシャツは、ペカペカしたテディベアのプリントがいかにも安っぽかった。

目が合うと、男はひょいと首をすくめた。

「こんちは。あんたがオレを呼んだの？」

その出で立ちだけ見れば、男は間違って迷い込んできた民間人以外の何者でもない。しかし奴の両手には、重々しい黒い手錠がかけられていた。腰には縄が巻かれ、背後に立っているスーツ姿の小柄な女性が、犬のリードよろしくその先を握っている。

「……誰？」

検視班の班長が尋ねた。我聞が硬直していると、阪井係長が部屋に飛び込んできた。

「お待たせしてすみません検視官！　何かわかりました？」

「や……ちょっと阪井、何あの男？　見えてんの、俺だけ？」

「まさかまさかまさか！　他の階で起こった窃盗事件の被疑者です。手違いでこのフロアに来てしまったようで」

取り繕《つくろ》った笑みを浮かべ、阪井係長は痩せた男をドアの外へと追いやった。

「で、何かわかりました？」

「いや。今この場では、君らが記録した以上のことは出てこないな。首の内出血は注射痕で間違いない。持ち帰って調べるから、署の方に報告よろしく」

「了解しました」

検視班と池袋署の鑑識係が現場から遺体を運び出すと、阪井係長は振り返って我聞の活動服の襟《えり》を摑んだ。

「小野寺さ……君、何のためにいるんだよ。事情を知らない人と服役囚を鉢合わせさせちゃいけないってことくらい、普通はわかるだろ？」

「申し訳ありません。突然のことだったので」

「謝るしか能がない部下にお目付け役なんて任せられないよ」

——それなら、ぜひとも辞退させていただきたいものだが。

我聞の考えていることを察したのか、阪井係長は眉をひそめた。「そろそろやる気を出してもらわないと困るな」と、低い声で呟く。

「あの、阪井さん」

廊下から遠慮がちな声がした。テディベアのTシャツの飼い主だ。

「この子が疲れたから飴《あめ》を舐《な》めたいと。外へ連れ出した方がいいですか？」

「飴……」阪井係長は呆れ顔で溜め息をついた。

「外でなくとも、廊下でならどうぞ。現場に何か落とされると面倒なので、絶対に部屋には入れないでください」

そう言った後で我聞に「マスク外してついてきて。顔合わせするから」と指示を出す。

廊下では、腰縄の端を握った小柄な女性が、棒付きキャンディーの包み紙をちょうど剝《む》き終えたところだった。「はい、口開けて」と、テディベアのTシャツを着た男に差し出している。

我聞と目が合うと、彼女はぺこりと頭を下げた。

「初めまして、服部美和《はっとりみわ》です。こっちは一八三番《ヒトハチサン》」

「服部さんは警察庁のキャリアで、服役囚捜査加担措置に関する外部とのやり取りを担当されてる方。私もお会いするのはこれで二度目」

阪井係長の説明に服部美和は頷き、「同じ警察官とはいえ、現場に来たのは警察学校の実習以来です」とかしこまって敬礼する。確かに、署の職員ならば誰もが持っているはずの張り詰めた雰囲気が彼女にはなかった。目がくりくりした童顔で、髪をクレオパトラのような切りっぱなしにしている。訓練や臨場で汗だくになることがないからか、署の女警に比べて化粧が濃いような気もした。

「小野寺。君がこれから服部さんの仕事を引き継いで、服役囚の管理をするんだ。くれぐれもしっかりね」

「はい」

いくら高倍率の難関を乗り越えたキャリアとはいえ、逮捕術すらままならなさそうな年下の女警の後任とは俺も甘く見られたものだ。我聞は顔を上げ、背の高い一八三番のことを見上げた。そもそも小柄な女性一人に世話が務まるのなら、服役囚とはいえ案外まともな奴なのかもしれない。

「そんなに見られると恥ずかしいよ」

一八三番は笑い出し、手錠のついた手で顔を覆った。指と指の間から我聞のことを観察している。目が三日月みたいに細くなっていた。

「お巡りさん、ちっちゃいねえ。身長いくつ？」

「いらんこと訊くなよ」

軽くあしらった理由は、このへらへらした男にそこはかとなく舐められている感じがしたからでもあるが、我聞が自身の身長を少々気にしているからでもあった。警察官たるもの体格が良いに越したことはないので、高さがない分は剣道で鍛えるようにしているが。

答えがないことを気にする様子もなく、男は「オレね、一八三」とにやにやしながら口にする。

「それは囚人番号だろ」

「身長もお揃いなんだよ」

男はバキッと音を立てて棒からキャンディーをかじり取った。

「身長では勝ったけど、筋肉は敵《かな》わないなー。触ってもいい？　この上腕二頭筋」

そう言って、許可を与える間もなく手を伸ばしてくる。手錠をはめた手で腕の筋肉を好き放題に触られ、我聞はしばらく唖然《あぜん》として声も出せずにいた。そして我に返った瞬間に気づいた。

どうして俺が、こんな奴の世話をしなくちゃならないんだ。適任だ、正義のためだと言いくるめて、結局は何かあった時に俺ごと切り捨てるための罠《わな》じゃないか。悔しかった。

この措置の話を聞かされた時に、もっとよく考えておくべきだったのだ。けれど後戻りができないならせめて、なるべくもめごとを起こさないよう努力しなければと自分を奮《ふる》い立たせた。

「あのな」

咳《せき》払いをして切り出した。

「俺は警察官で、仮にもお前を管理する立場なんだ。人を馬鹿《ばか》にしたような話し方はよしてくれ」

「うっさいなあ」

うるさいとは何だ、と一喝しようと我聞が口を開けた瞬間、何かが顔に向かって飛んできた。よける間もなく、カランと軽い音を立てて口に入る。喉が痛くなるほど甘いコーラの味が舌に広がった。あろうことか、奴が自分の舐めていた飴を我聞の口に吐き飛ばしたのだった。

「あげるよ。ちょっとは死臭がマシになるんじゃない?」

返す言葉もなく、手の甲で口元を覆った。軽い吐き気がこみあげてくる。

「……それじゃあ、挨拶も済みましたし。今日はもう帰りますね」

何も見ていないかのような澄まし顔で、服部美和が一八三番の腰縄を引いた。

「えーっ、待ってよ美和ちゃん。オレ、まだお巡りさんとお喋りしたいのに」

「ダメ。今日は帰るよ」

幼児と母親のようなやりとりを交わしながら、服役囚とキャリア警察官の二人組は長い廊下の向こうに姿を消した。

「やんちゃでしつけがいがありそうでしょ」

阪井係長が心にもない口調で言う。

「今からでも辞退できませんかね？」

我聞はマスクに吐き出した飴を活動服のポケットにねじ込んだ。

「無理に決まってるだろ」脇腹を小突かれる。

「痛《いて》えな……」

力なく笑うしかなかった。

第二章

捜査本部の設置が決定されると、警察署内は途端に騒がしくなる。刑事課員はもちろん、警備や交通など他の部門の専務員や地域課の交番員もほとんどが捜査に駆り出され、それぞれの業務は通常通りには行えない。当然、事件が解決するまで非番や休日も返上で働かなければならない。

強行犯係のシマから刑事部屋へ、そして刑事部屋から署全体へと騒ぎが徐々に大きくなっていくのを、我聞《がもん》はデスクに向かって司法解剖請求書類を作成しながら、背中越しにひしひしと感じていた。生活安全課にいた頃、渋谷《しぶや》署に捜査本部が設置されたり、応援捜査員として近隣署に派遣されたりしたことは何度かあったが、そのたびに刑事課の若手の仕事量には同情したものだ。数年後に自分がその立場になるとは思いもしなかった。

書類の作成を終えると、すぐにオフィスを飛び出した。座席のセッティングに始まり、捜査一課員らの寝具の用意、茶菓子の準備、看板の設置、現場の見取り図の作成、資料のコピー、警電《けいでん》の確保。無線機や長机やパソコンや饅頭《まんじゅう》の箱を抱えて、署の階段を何度も上り下りした。第一回目の捜査会議が始まる頃には、疲労で肩のあたりがずっしりと重くなっていた。

【東京都豊島《としま》区西池袋《いけぶくろ》地内会社役員殺人事件捜査本部】

講堂のドアの厳《いか》めしい看板は、達筆な警務課員が書いたものだ。

警視庁捜査一課の刑事が、前方のホワイトボードに座席の位置を示した紙を貼り付けた。それを確認した我聞は、池袋署刑事課強行犯係のスペースに腰を下ろす。

最後列の刑事が講堂のドアを閉めたことが、会議開始の合図となった。

「池袋署刑事課長の吉本《よしもと》です。このたびは、警視庁本部及び近隣署から多数の応援をありがとうございます。それではこれより、豊島区における殺人事件の捜査会議を始めたいと思います。管理官、よろしくお願いいたします」

進行役は、警視庁捜査一課強行犯係の長尾《ながお》管理官だ。幹部らの紹介の後、捜査内容の割り振りが発表される。

「まず地取り一組目、立花《たちばな》と権藤《ごんどう》。二組目、深田《ふかだ》と森木《もりき》。三組目、楢原《ならはら》と安永《やすなが》。次に証拠品一組目、岩村《いわむら》と山中《やまなか》。二組目、手塚《てづか》と阪井《さかい》。三組目、神谷《かみや》と谷村《たにむら》………」

単調な時間だが、いつ自分の名前が呼ばれるかわからない。講堂は厳《おごそ》かな空気で満ちていた。ホワイトボードに貼られた被害者の顔写真に、ブラインドの影が映っている。庁舎の外からバイクのエンジン音や子どもの笑い声が聞こえ、それらが余計に室内の緊張感を際立たせていた。

「えー、次に鑑取り一組目、高野《たかの》と小林《こばやし》。二組目、小野寺《おのでら》と……えー……一八三《ヒトハチサン》？」

管理官が書面を見て眉をひそめた。我聞は冷たい汗が背中を滑り落ちていくのを感じた。

「管理官」

阪井係長が挙手をして立ち上がった。

「池袋署刑事課強行犯係で係長をしています、阪井と申します。私の方から説明させていただいてもよろしいでしょうか」

「許可する」

「先ほど管理官がお呼びになった一八三番とは、川越《かわごえ》少年刑務所に収容中の受刑者のことを指します。彼は集中力や運動能力を測る様々なテストで優秀な成績を記録したことにより、本事件の発生から服役囚《ふくえきしゅう》捜査加担措置の試験導入として池袋署に配属された次第です。国家拘禁《こうきん》からの解放によって種々のリスクは考えられますが、これより先は、私の部下である小野寺我聞巡査部長が本措置に関する一切の責任を負います。また一八三番の氏名、年齢、罪状、刑期等の情報は、プライバシー保護のため非公開となります」

突然のこの報告を受け、捜査本部全体にどよめきが走った。

「正気かよ」

「有り得ねえ」

「ふざけてんのか」

あちこちで私語が飛び交う。「静粛に願います!」阪井係長が声を張り上げた。

「小野寺、挨拶《あいさつ》」

長机の下で靴《くつ》を軽く蹴られ、我聞は慌《あわ》てて立ち上がった。全員の目が、一斉に自分へ向けられるのを感じる。緊張のせいで眩暈《めまい》がして、視界がぼんやりと暗くなった。

こんなの冗談じゃない。服役囚の面倒を見ろとは言われたが、俺が一切の責任を負わされるなんて聞いてない。本当は今すぐ抗議したかった。しかし周囲の視線に気圧《けお》され、早く何か言わなければと、口が勝手に心にもない言葉を紡《つむ》ぎ始めた。

「……池袋署の小野寺と申します。本職が責任をもって、服役囚捜査かた――」

「その服役囚なんたら措置って、オレのことね」

講堂のドアが勢いよく開き、場違いな人物が顔を出した。ちょっと、と慌てたように腰縄を引く服部美和《はっとりみわ》が後に続く。

「まだ出ちゃダメって言ったでしょ」

「だってさー、長ったらしいんだもん。オレが説明すれば早く終わると思って」

その男――一八三番は講堂の中央に進み出たかと思うと、両腕を掲げ、手錠をわざとガチャガチャ鳴らした。

「正真正銘《しょうめい》の本物だよ。刑事さんたちが一番よく知ってるでしょ?」

そう言って、にやりと笑う。唇から鋭い犬歯が覗《のぞ》いた。

「捜査って面倒っぽいからあんまり協力したくないんだけど、ここまで連れてこられちゃしょうがないよね。刑務所には戻りたくないし、オレ、ちゃんとやるよ。ついでに警察官の友達ができたら嬉《うれ》しいな」

絶句する捜査員らを一瞥《いちべつ》したのち、一八三番は我聞に向き直った。

二人の目と目を結ぶ導火線に、静かな火がついた。

「いつまでになるかわかんないけど、よろしくねガモちゃん。ヒトハチサンじゃなくて、オレのことはアンドレって呼んで。A・N・D・R・E。あんどれ」

捜査内容の割り振りがすべて発表されると、まず始めに発見時の部屋の施錠状況が報告された。三十階のため窓は開かない仕様だ。自動ロック式のドアには被害者と発見者以外の指紋が付いておらず、他の人物の出入りがあったかはわからない。

間取りの確認が終わると、次に事件概要の説明に移る。

「えー検視の結果、死亡推定時刻は事件発覚前日の午後十一時から当日の午前一時頃と判明した。発見に至っていない被害者の所持品は以下の二点だ。黒い革のケースが付いたスマートフォンと、ロレックスの限定モデルの腕時計。詳細は資料に記載している」

講堂は、依然として張り詰めた空気で満ちていた。しかしそれは、先程とは種類の異なるものだった。捜査本部という緊張感のある場所に、明らかな異物が紛《まぎ》れ込んでいる違和感。「奴」の存在を決して口にしてはならぬという、一種の同調圧力がその場を支配していた。エレファント・イン・ザ・ルーム――「明らかな問題に誰もが見て見ぬふりをする」という意味の言葉があるが、今の状況はまさにそれだ。たとえ一八三番が捜査会議中に鼻唄を歌おうと、退屈そうにあくびをしようと、約五十名の警察官は断固として、素知らぬふりを貫《つらぬ》いていた。

最後に地取り班の地域分担が終わると、いよいよ捜査は本格的に開始となる。

我聞の心境は、すでに今年度最大レベルの大荒れを記録していた。それでもどうにか表面的には平静を保ちつつ、一八三番のそばへ向かう。

「本当に大丈夫ですか？」

心配そうな服部美和に尋《たず》ねられた。ノンキャリアの下っ端刑事に、マイペースな服役囚の世話が務まるのかと言いたいのだろう。彼女の方こそなぜそんな非力な見た目で世話役を任されているのかと我聞は訊《き》きたかったが、ひとまず自分の任務に集中することにした。

「大丈夫です。お任せください」

頼もしい返事をするつもりだったが、不本意ながら声がかすれてしまう。

「……全然、お任せできそうにないんですけど」

服部美和は眉をひそめ、一八三番の腰縄を握る手にいっそう力を込めた。

「服部さん、どうかご安心ください。小野寺はやればできる男です」

阪井係長が割り込んで言った。遠回しにプレッシャーをかけられ、我聞は胃が鈍く痛み始めたのを感じる。

「ちょっとこっちへ来なさい」

ジャケットの袖《そで》を引かれ、阪井係長と共に講堂の外へ出た。

「小野寺は誰にでも優しいから言っておくけど、囚人に気遣いなんて無用。我々は奴の能力を捜査に利用するだけだ。お情けで刑務所から出してやったんじゃない」

「わかっています」

「くれぐれも街中で目立たせないこと、無関係な民間人には近づけないこと。君は常に一八三番を支配する立場でいなければならない。相手のペースに巻き込まれてはダメだよ。小野寺だって、騒ぎを起こして免職にはなりたくないだろう」

「もちろんです」

「手柄を立てるつもりでいなさい。犯罪者のことは犯罪者に訊け。彼が捜査の役に立つことだってきっとあるはず」

阪井係長は我聞の肩をバシッと叩いた後、捜査本部でのペアとなった一課の刑事のもとへ去っていった。その背中を見送った後、我聞は講堂に戻る。

「あの刑事の女の人、見た目も喋《しゃべ》り方もシュッとしてて可愛《かわい》いね」

顔を合わせるなり、一八三番は頬《ほお》を溶かして笑った。

「でも若干《じゃっかん》パワハラっぽくない？　ストレス溜めこんじゃダメだよガモちゃん」

「今のところ、俺にとって一番のストレス要因はお前だよ」

「そうなの？」

一八三番は目を見開いた。

「オレ、なるべくいい子にするつもりなんだけどな。ま、もしなんかやらかしたらごめんよ」

ちっとも気持ちのこもっていない「ごめん」だった。まだ起こっていないことに対する謝罪も、可愛いだのパワハラだのといった他人への評価も、奴の言葉にはすべてどこか軽薄な嘘《うそ》臭さがあった。いつどんな行動に出るかわからず、そもそも、どう接すればいいのかも知らない。我聞にとって一八三番は、言うなれば気まぐれな時限爆弾だ。こんな奴と一緒に捜査をして手柄を立てろだなんて、無茶にもほどがある。

「はい、じゃあ手を出して」

それまで沈黙を貫いていた服部美和が口を開いた。彼女は一八三番の腰縄を手際よくほどき、手錠を外して自身の帯革《たいかく》に戻した。

「私は警察庁に帰るね。お願いだから、小野寺さんの言うことをよく聞くんだよ」

「わかってるよ」

「いい子ね」

服部美和は目を細めて笑った。勝気そうな顔立ちのせいか、それとも職業的な立場のせいか、血統書付きの猫を思わせる笑顔だった。

「美和ちゃん、いっつも無理して不機嫌そうにしてるけどさ。そうやってにこにこしてた方がオレ好きだな」

一八三番が口を尖らせて言う。

「警察庁の仕事じゃ、笑っても損するだけよ。若い女ってだけでも舐《な》められて大変なのに」

服部美和は眉間《みけん》に皺《しわ》を寄せ、みるみるうちに真顔に戻る。堅物じみた表情のまま、彼女は肩にかけた鞄《かばん》の中を覗き込んだ。何を探しているのかと思えば、高級そうな金色の包装紙の板チョコを取り出した。

「餞別《せんべつ》。キャンディーは一日に二個までだからね」

「くれるの？」

一八三番は嬉しそうに受け取る。

我聞は目の前の光景を疑った。二人ともどういうつもりだ？　ここは特捜の本部で、自分たちはその捜査員だ。ただの友達か姉弟《きょうだい》のような、こんな気の抜けたやりとりが許されるはずがなかった。

かけるべき言葉を探していると、服部美和が顔を上げた。

「では小野寺さん、よろしくお願いします。この子の衣類等は宿舎の管理人に預けておきますので」

我聞が引き留めようとした時にはすでに、服部美和は細く開けたドアの隙間《すきま》から外へと飛び出していた。

「ちょっ、服部さん」

もうこれで、頼れる人は自分以外にいなくなった。心臓のあたりに張りついた緊張を感じつつ、我聞は後ろを振り返る。一八三番がチョコレートの包装紙を夢中になって破いていた。細かくなった紙片が、紙吹雪のように床へと舞い落ちる。散らかすなと叱りつけたいところだが、時限爆弾をいきなり刺激するわけにもいかない。仕方なく、かがんで拾い集めてやった。

「あー、ええと――一八三番」

「あんどれ」

奴はチョコレートから顔を上げて言った。

「そう呼んでよ。番号だと呼びづらいでしょ？」

「それがお前の名前か？」

「違うよ。美和ちゃんがつけてくれたあだ名なんだ。『ベルサイユのばら』が好きなんだと思う」

チョコレートを口にくわえたまま、あんどれは肩をぐるぐる回した。

「あー、やっと楽になった。刑務所では拘束器具つかないからさ。今朝からずっと窮屈だったんだよね」

「それはよかったな」

我聞は講堂を見回した。大多数の捜査員はすでに出払い、残るは幹部とその他数名のみになっている。

「幹部に目を付けられたくないから、さっさと行くぞ」

「えーっ。オレまだチョコ食べてるのに」

巨大なかけらを口いっぱいに詰め込むあんどれの服の襟《えり》を掴《つか》み、我聞は講堂の外に出た。

署の廊下で、改めてその全身を眺める。

カブトムシがプリントされた蛍光オレンジのTシャツ。緑のタータンチェックの半ズボン。空よりも青いビーチサンダル。

街中にいてもまさか殺人事件の捜査だとは思われないだろうが、それにしても色合いが派手すぎる。

「お前、まさか……その恰好《かっこう》で聞き込みに行くつもりなのか」

「うん、素敵じゃんこのTシャツ。真夏のサッカー少年が着がちなカラー」

「今は十月だが？」

「いいんだよ」

「よくないだろ。せめて警察官に見える服を着てくれ」

「それってどんな服？　スーツなら絶対嫌だね。これがオレのスタイルなの」

あんどれは胸を反らし、Tシャツのカブトムシを我聞に見せつける。ズボンのポケットに両手を突っ込んだかと思うと、くるりと方向を変えて廊下の真ん中をぺたぺた歩き始めた。

足を踏み出すたび、首が据わっていない子どもみたいに頭が揺れている。傷《いた》んだ茶色い髪の寝癖が、頭のてっぺんで跳ねている。

向かい側から、規則に厳しいことで有名な警務課長が歩いてきた。

「道を開けてくれ」

我聞は慌てて囁《ささや》く。

「やだよ。あのおっさんがどきゃあいいじゃん」

あんどれは従おうとしない。

服役囚捜査加担措置のことは、捜査本部外の人間に知られてはならない。どうやってこいつを隠せばいい？　我聞の額から冷や汗が噴き出した。そうこうしている間にも、あんどれと警務課長の距離はみるみる縮まっていく。

「……君、今日は向こうの部屋で話を聞くから」

あんどれの腕を摑み、警務課長に聞こえるようわざとはっきりした声で言った。これでどうにか「取調べに向かう刑事と参考人の少年」に見えたはずだ。警務課長は不審そうに眉をひそめたが、何も言わずに通り過ぎていった。

「ガモちゃん、演技が下手なんだね」

あんどれが振り返って笑う。

「心臓に悪いことをしないでくれ」

我聞は溜め息をついて奴の腕を放した。

「今日さあ、これからどこ行くの？」

「まずは現場だな」

「車で？」

「徒歩。車は緊急の時だけだ」

「ふーん。まあいいか……」

自動ドアを抜け、警察署の外に出る。歩くのはスローペースだが、あんどれは迷うことなく池袋の街中を進んだ。

たった一度現場を訪れただけなのに、こうも確実に道順を覚えられるものだろうか？

奴の後ろを歩きながら、我聞は疑問を覚えた。そういえば阪井係長が「彼は集中力や運動能力を測る様々なテストで優秀な成績を記録」したから今回の措置の対象に選ばれたと言っていた。おそらくそのテストとやらの中に、記憶力を測るものがあったのだろう。

そう思って納得しかけたが「こっちの方が近いよ」というあんどれの言葉に、仮説を打ち砕かれた。

「どうして近道を知ってるんだ？　このあたりに詳しいのか」

「さあ、どうだろうね」

「俺は真面目に訊いてる」

「オレだって真面目だよ。覚えてないだけなんだ」

あんどれは道路沿いの縁石に飛び乗り、バランスをとって歩きながら言った。

「刑務所に入る前の記憶がなくてさ。刑務官も法務技官も、誰もオレの罪状を教えてくれないの。気づいたら独房に押し込められてた。一年前にテストを受けてからは妙に規制が緩くなって、工場作業を免除されたり、髪を切らなくてもよくなったりしたんだけど」

我聞は生唾《なまつば》を呑《の》み込む。

「それはつまり……記憶喪失ってことか」

実際に口にしてみると、ひどく現実味の薄い言葉に聞こえた。しかしあんどれは「簡単に言えばそうだね」とあっさり頷《うなず》く。

「面白いよね？　自分がどこの誰だったかも思い出せないなんてさ。滅多に体験できるもんじゃないよ」

「そんなバンジージャンプみたいなノリで言うなよ」

我聞は思わず苦笑した。

「じゃあお前、自分がどんな罪を犯したかも知らずに刑務所にいるってことか」

「そうだってば。さっきも説明したじゃん」あんどれは鼻を鳴らす。

「でも多分、盗んだ車で事故って頭打ったとかじゃないかな。そしたら逮捕も記憶喪失も辻褄《つじつま》が合うし。ありがちなパターンじゃん？」

「お前にとっては知らないが、少なくとも俺にとってはありがちではないな」

我聞の言葉に軽く笑い、道をショートカットするためか、あんどれは大股《また》で公園へ入っていく。「ちゃんとした道を通れよ」注意しても聞き入れられる様子はない。

滑り台のそばの花壇に、毒々しいほど鮮やかな赤色をしたダリアの花が咲いていた。あんどれは何のためらいもなくそれを一輪引きちぎり、興味深げに観察している。我聞が見るともなしに眺めていると、奴は摘み取ったダリアにもう片方の手も伸ばした。花の部分を、素手で強く握り潰す。感触を味わうかのようなゆっくりとした仕草だった。

「おい……」

呆然《ぼうぜん》とする我聞をよそに、あんどれはますます手に力を込めた。小さな花弁がはらはらと地面に落ちる。

やがて満足したのか、奴は圧力と体温でしおれたダリアを地面に捨ててぞんざいに手をはたいた。色素で手のひらが赤くなっていることに気づき、半ズボンで拭《ぬぐ》おうとする。

「やめろやめろ」我聞は慌ててその腕を摑み、ティッシュを渡してやった。

「どうして花壇の花を摘んだんだ」

「見たことない種類だったからさ。綺麗《きれい》だなと思って」

だからって潰すのかと尋ねたかったが、やめておいた。普通は綺麗だからこそ、大切に扱うものではないのか。この男に「普通」は通用しないということなのだろうか。

両手を拭ったあんどれは、汚れたティッシュを地面に捨てると公園を出て行こうとした。考えるよりも先に我聞はそれを拾い、デジャヴを感じて手元に視線を落とす。講堂での板チョコの包装紙といい、今のティッシュといい、これじゃあ俺はあいつのゴミ拾い係じゃないか。

「ちょっと待ってくれ」

あんどれを呼び止めてから、ダリアの残骸《ざんがい》を花壇の土の上に横たえてやった。

「何してんの？」

背後から尋ねられる。

「あのままだと花を育てた人が可哀想《かわいそう》だろ」

「そっか。そこなら肥料《ひりょう》になるもんね」

そうじゃない、と出かかった言葉を我聞は呑み込んだ。これ以上、道草を食っている暇はない。

「オレの記憶のことなんだけどさ」

公園を出てしばらくすると、あんどれは再び話し始めた。

「土地勘って言っても、いつ通ったかとか、どこに行ったかとかは覚えてなくてさ。本能みたいになんとなくわかるだけなんだ。ガモちゃんだって時計の針の見方はわかるけど、それを自分がいつどうやって理解したかなんて覚えてないでしょ？」

「そうだな」

「それと似た感じ。いろんな知識は残ってるけど、自分の個人情報とか生い立ちに関する記憶はないの。今年で二十歳《はたち》になったってことだけ、美和ちゃんに教えてもらったけど」

「さっき『ベルサイユのばら』が何とかって言ってたじゃないか」

「それは単に、アンドレってキャラクターがいるのを知ってるだけ。どんな内容かとか、自分が読んだことあるかってのはわかんない。まあ、そんなこと思い出してもしょうがないけどさ」

あんどれは地面に落ちていた小石を蹴飛《けと》ばす。

「他に知りたいことある？　何でも質問していいよ」

「いや、現時点ではもう充分だ」充分すぎるくらいだった。

ホテルロワイヤルに到着後、支配人から事件当日の宿泊者リストと防犯カメラの映像を借りた。話を聞いたところによると、ロビーとエレベーターに設置された防犯カメラは、それぞれ直近二週間の映像を記録できる性能らしい。問題は各フロアの方で、廊下に形ばかり設置されたそれらは、撮影能力がないダミーとのことだった。

「これからそのカメラの映像を見て、怪しい奴を探すわけ？」

「ああ。それからレジカードを使って、三十階に宿泊していた客のチェックイン時刻と氏名を調べる」

「ふーん。大変だね」

ホテルを出た後、あんどれはポケットからチョコレートバーを取り出して一口かじった。

「ガモちゃんもいる？」と、歯型のついた断面を差し出してくる。我聞は首を振った。

「……服部さんは、いったいどれだけ大量のお菓子をお前に渡していったんだ」

「ビニール袋にいっぱい。でもこれは違うよ。さっきのホテルのフロントにあったやつ」

「いつの間に買ったんだ？」

「買ってないよ。盗《と》ったの」

「は？」

我聞は立ち止まった。あんどれが息を呑む。

「あ、そっか！　ガモちゃん警察官なんだった」

それからの行動はほとんど反射だった。我聞は奴の腕を摑んでホテルに戻り、フロントで連れが盗みを働いたことを謝罪した。仕事用のスマートフォンで、阪井係長に報告を入れる。

『先方はなんだって？』

「面倒だから大ごとにはしないと。すぐに引き返して代金を支払ったので、事件として扱わなくても構わないそうです」

『じゃあそうさせてもらって。今は捜査が第一』

阪井係長は苦々しい声で言った。

「係長……万引きするような奴とペアなんて、やっぱり無茶ですよ」

『一度引き受けた仕事につべこべ文句を言わない。つい一時間前に私が言ったことをもう忘れたの？　嫌悪条件付けって聞いたことあるだろう。被験者が非行に走るたびに管理者が罰を与えれば、学習効果で非行の回数を減らせる。とにかく言うことを聞かせないと、もし何かあった時に一番困るのは小野寺なんだよ。そんな初歩的なことも理解できない？』

「いえ」

『なら実行しなさい』

了解、と返事をする前に通話は切られた。

「パワハラ姐《ねえ》さん、なんだって？」

後ろに立っていたあんどれが尋ねる。

「捜査が第一だそうだ」

我聞はジャケットのポケットにスマートフォンをしまいながら答えた。

奴が罪悪感のかけらも見せずに窃盗《せっとう》を犯したことが、少なからずショックだった。こんな目の前で犯行に及ばれると、警察官としてのプライドを損なわれた気分になる。

「もう二度とするなよ」

強い口調で言い聞かせた。自分のためでもあり、あんどれのためでもあり、周囲のためでもあったが、それぞれの割合がいかほどかは判断がつかなかった。


署に戻り、会議室を借りて防犯カメラの映像の精査を始めた。エレベーターの乗客のうち、三十階で降りた者の氏名を割り出していく。宿泊客の部屋番号も併《あわ》せて調べる。

「これってさー、レジカードを書かないでホテルに入った奴を探してるんだよね？」

「そうだ。ふざけないで正確に記入すると約束して、記録を手伝ってくれるとありがたいんだがな」

「遠慮しとく。そうじゃなくてオレが言いたいのは、ほんとにそいつが犯人だって決めつけていいのかってことだよ」

あんどれは椅子《いす》から体を起こし、跳ねた髪を指先で引っ張った。

「例えばさ。もし小鳥遊《たかなし》のおっさんが言ってた連れっていうのが援交の女の子で、その女の子がおっさんとの約束をブッチしてたとしたら？　そんでこのフロアを掃除するスタッフがたまたま時計コレクターで、おっさんとすれ違った時にレアなロレックスの存在に気づいて、殺しちゃうほど欲しくなったとしたら？　もしそうだったら、未記入のレジカードは事件に何の関係もないよ」

「だとしても、来るはずだった連れの正体がわかれば被害者の人間関係を探れる。殺人事件が起こるのは家族親族間が五割、友人知人間が四割で、強盗絡みの事件は全体の十パーセントにも満たないんだ。早く犯人を割り出すためには、まず被害者の連れを探った方がいい。それに消えたロレックスには二億の価値がついているらしい。知人ならさんざん自慢話を聞かされていたことだろう」

「へえーっ」あんどれは大げさに拍手をした。

「ガモちゃん、一応ちゃんと刑事なんだね。恐れ入ったよ」

「それはどうも」

「ってかさー、なんで金持ちってみんなロレックスを欲しがるわけ？」

「資産価値が高いからだろ。コレクターの数は年々増えるのに、流通数は限られているからプレミアがつく。小鳥遊が持っていたのはもともと二千万円のモデルだったが、三年前に製造終了が決まって価値が一気に跳ね上がったんだ。それに絵画やワインと違って、時計は身に着けられるからな。投資しがいがある上、自慢するにもってこいの財産ってことだ」

「ほーん……すげえ未知の世界」

言いながら、奴はぶどうグミのパッケージの封を切る。署に戻る途中、本部の飲み物の補充のために寄ったコンビニで「買ってくれなきゃ盗む」とごねられて我聞が与えたものだった。

あんどれは物事を多角的に考えられる一方で、言動や発想の大半が幼く拙《つたな》い。それがますます明らかになったのは、昼頃、我聞が捜査員用の弁当を勧めた時のことだ。何度言っても、奴は食べるのが嫌と言ってきかなかった。

「少しは食えよ。唐揚げも入ってるぞ。揚げ物なんて、刑務所じゃせいぜい油揚げがいいとこだろ」

「いらない。シャバのメシはしょっぱすぎるんだよ」

「後で腹減ったって騒いでも何も出ないぞ」

「いらないって。しつこいよガモちゃん」

あんどれは鬱陶《うっとう》しそうに首を振る。

「あのな」

我聞は咳《せき》払いをしてから言った。

「この弁当はな、俺が捜査本部の設置前に発注したものなんだよ。急な大量注文は困ると弁当屋に嫌味を言われて、もっと安く済ませられなかったのかと警務課に文句を言われて。だからそれを、ほんの一時の気まぐれで食わないなんて言われると……」

「悲しい？」

あんどれがにやりと笑って言葉を引き継ぐ。

「そうだ」

我聞は頷いた。やっとわかってくれたかと、心が明るくなりかけたその時だった。

「ガモちゃん、押しつけがましいよ。食べないったら食べないからね」

奴はそう言って肩をすくめ、棒付きキャンディーを口に放り込んだ。

「……もういい」

我聞はこめかみに指を押し当て、もう片方の手で弁当を机の隅《すみ》に押しやった。

さっきまでの騒がしさに慣れてしまうと、部屋が静まり返っていることがかえって気味悪い。モニターの映像を見上げたまま、居心地の悪い数時間が過ぎた。

「ガモちゃん」

「なんだよ」

「お菓子もうなくなっちゃったよ。おなかすいた」

「お前なあ……」

鋭く息をついて、我聞は手付かずだった弁当をあんどれの眼前に突きつけた。

「食えよ」

「やだ」

「わざと俺を困らせようとしてるんだろ」

「困ってるならそうなんじゃない？」

いい加減にしろと言いかけた瞬間、

「あ、出てきた」

あんどれがモニターを見て呟《つぶや》いた。

「今ガモちゃんがオレに夢中だった間にさ、変な男が一人、外に出たよ」

「本当か」

弁当をあんどれに押し付け、我聞は映像を巻き戻した。

モニターが映しだしているのは、事件発覚当日の午前二時。スーツ姿の男が、ロビーの防犯カメラに写っている。

エレベーターの方のカメラを確認すると、男は三十階から乗り込んでいた。レジカードを照合してみても当てはまる人物はおらず、その後は戻ってきていない。

「あ、ほら見て。手袋付けてる」

あんどれが割り箸《ばし》で画面を示した。いつの間に食べる気になったのか、箸に刺した唐揚げをかじっている。

「絶対こいつが犯人じゃん。あーあ、思ったより早かったな」

「まだこれからだろ。犯人を逮捕して自供させるまで事件は解決しない。でもこの映像の角度と画質では、個人の特定は難しいな……」

我聞は椅子から立ち上がった。会議室を出て、捜査関係事項照会書の手配をする。その日のうちに、クレジットカード会社から回答があった。

「これからどうすんの？」

あんどれに尋ねられた。

「両隣の部屋に宿泊していた客に話を聞きに行く。三〇二八号室のカップルは都内だからすぐ向かえるが、三〇二六号室の男は京都にいるらしい」

「遠足？」

「そうなる」

「まじか。イエーイ」

「喜ぶようなことじゃないだろ」

頭の中で状況を整理しながら、我聞は自分がこの男を連れて京都まで出かけるさまを想像してみた。

「過労だ……」

「誰が？」

「俺」

「なんで？」

道中が思いやられる。


盗み癖にだけ注意していれば、ひとまず奴が周囲に危害を加えることはなさそうだった。交番にしょっちゅう引っ張られてくる同年代の若者に比べれば、凶暴性はほとんどないと言っていい。記憶をなくす前に犯した罪「盗んだ車で事故ったとかじゃね？」という本人の予想は、あながち間違っていないのかもしれなかった。

丸一日行動を共にしたことにより、我聞はこの幼稚な男の習性を徐々に摑んでいった。

まず初めに、あんどれは運動が非常に得意なようだ。狭い場所でも逆立ちや側転はお手の物で、本人曰《いわ》く「スペースがあればバク宙もできちゃう」らしい。

性格を表すには、自分本位という言葉がふさわしい。気の向くままに振る舞い、周囲をトラブルに巻き込む台風の目。しかしガサツかと思えば、繊細な一面を持っているようでもあった。

会議室で防犯カメラの映像を精査している最中、奴は急に鼻をスンと鳴らし「もうすぐ雨じゃない？」と言い出した。なぜわかるのかと我聞が尋ねると、カタツムリの匂いがするからだと言う。最初の雨音が窓ガラスを叩いたのは、その二十分後のことだった。予想を的中させた本人は「気圧で頭が痛い」と機嫌を損ね、床に寝そべって喚《わめ》いた。

「疲れた！　もう動きたくない」

「ずっと俺の横で遊んでただけだろ……。地取り班が来る前にさっさと立てよ」

「起こして」

「ふざけないでくれ。お前の足は何のためについてるんだ」

「床に落ちたものを拾うため？」

「その調子じゃ、次に使うのは刑務所へ帰るためだな」

我聞が脅すと、あんどれは途端に喚くのをやめた。しばらく黙り込んだ後「ごめんよ。

五分休んだら立つから帰さないで」と小声で言う。軽薄そうな喋り方に、珍しく本物の懇願がにじんでいた。

殺人事件の捜査員には、就業時間や定時の決まりがない。二人が仕事に区切りをつけて宿舎へ帰る頃には、もう深夜三時を回っていた。

「オレ、ポリ公のおうち初めて」

あんどれは落ち着きなく周囲を見回している。

「だろうな」

ダイニングルームに入った我聞は、ふとその場で立ち止まった。

何かがおかしかった。匂いとも色ともつかないが、今朝、自分が出て行った時から何かが変わっていた。見ず知らずの人間を招き入れてしまったような、かすかな、でも確かに無視できない違和感があった。

「オレはどこで寝ればいいの？」

あんどれが目をこすりながら言った。

「そうだな……」違和感を振り払いつつ答える。

「右側の部屋を使うといい。備え付けの家具しかないが、定期的に掃除してるから大丈夫だろ」

かつてのルームメイトが使っていた部屋のドアノブに手をかける。次の瞬間、違和感の正体に気づいた。

鍵が取り付けられていた。外から施錠し、中にいる者を閉じ込められるようになっている。室内を覗けば、窓には鉄格子《ごうし》がついていた。

昨日までは、こんなものはなかったはずだ。我聞が捜査本部で仕事に明け暮れている間に、空だった個室は出張刑務所に様変わりしていた。誰が業者を手配したのだろうか。

「……オレ、全然信用されてないんだね」

あんどれが押し殺したように言った。

「こんなの、独房にいた時とおんなじじゃん。ふざけんなよ」

振り返ると、光度の低い室内灯の下で奴は虚《うつ》ろな目をしていた。

「ひどいよガモちゃん。せっかく防カメに映った変な男を見つけてやったのに、オレのこと閉じ込めようとしてさ」

「何か勘違いしてないか」

我聞はドアノブから手を離した。

「鍵を付けたのは俺じゃない。今気づいたんだ。おそらく警察庁か、お前が元いた刑務所が手配したんだろう」

「……本当に？」

「本当だ。嘘はついてない」

生活安全課にいた頃から、青少年を相手に信頼関係を築くことの難しさは痛いほど理解していた。若いゆえに残酷な彼らは、一度でも自分を裏切った相手のことを、以後絶対に信用しない。こちらにいかなる事情があろうと、どんなに些細なことであっても、間違いは許されない。

捜査本部の解散まで行動を共にするのだから、あんどれの信用を失うような真似はしたくなかった。奴が盗みを働くたびに罰して教育していけば、俺の負担も多少は減るのかもしれない。しかしそれは単なる恐怖による支配であって、奴の良心の助長にはならない。

「俺はお前の味方だ」

慣れないながら優しい口調で言ってやると、あんどれはしばらくの間、値踏みするように我聞のことを見つめていた。

「……じゃあ、信じる」

そう頷いた途端、目に嬉しげな光が戻る。すっかり機嫌を直し「見て見てガモちゃん」と窓の鉄格子にぶら下がって遊び始めた。

「危ないぞ」

「平気だよ。いくらオレのこと警戒してるからってさあ、これ付けた奴ら、さすがにちょっとやりすぎじゃない？」

「そうだな……」我聞は小さく息をついた。

「もう疲れたろ。風呂は明日の朝、署員のいない時間に連れていってやるから。今日はゆっくり眠るといい」

「そうする。電気消してよ」

「ああ」

「おやすみぃーん」

「……おやすみ」

部屋の照明を消した我聞は、あんどれがベッドに潜り込むのを見届けた。ドアを閉め、静かに鍵をかける。

「施錠しない、とは、言ってない……」

自分にしか聞こえない声で呟いた。職務質問の時に、もう何十回も使っている手だ。優しい言葉で相手を懐柔し、有利な方向へ事を運ぶ。やり方が汚いのは犯罪者も警察官もお互い様だ。相手に手の内を明かしたままでは上手《うま》くいかない。第一、これは職務だ。もし万が一のことがあって、奴が俺を欺《あざむ》いて逃走したとしたら？　誰かに危害を加えてしまったとしたら?

防いでおくに越したことはない。

「俺は狡《ずる》い」

頭の中で思っただけのつもりが、声に出て余計に強い意味を持った気がした。俺は狡い。あんどれにあんないい顔をしておいて、結局は組織の従順な手先でしかない。けれどこうする以外に、罪悪感と任務に折り合いをつける方法がわからなかった。ひとまず明日は早く起きて、あんどれが目を覚ます前に鍵を開けておこうと決めた。


翌朝は冷え込んだ。

服部美和が宿舎の管理人に預けていった服は、Tシャツと半ズボンの組み合わせが数セットのみだ。元気な小学生ならば充分かもしれないが、痩《や》せ細った男には見るからに寒そうだった。

ドアから顔を出した途端に、あんどれはくしゃみを連発した。

「風邪ひいたのか」

「や、ギリまだ平気。このままだと確実にひくけど」

「それは困る。俺にまでうつされたらかなわん」

我聞は立ち上がり、自分の部屋のクローゼットを開けた。

「貸してやるから選べ」

「どれでもいいの？」

あんどれは目を輝かせた。我聞は衣装持ちでも、着るものに特別こだわっているわけでもないが、まるで王様の衣装部屋にでも入り込んだかのような反応だった。

「いいから早く決めろ」

なんだか妙に照れくさくなって、必要以上に急《せ》かしてしまう。こいつといると調子がおかしくなるなと、自分の顎《あご》を触って髭《ひげ》の剃り残しを確かめながらぼんやり思った。

「そもそもお前は、どうして真夏みたいな服しか持っていないんだ……」

「オレも昨日初めて見てびっくりしたんだよ。なるべく枚数がいっぱい欲しいって、美和ちゃんに頼んだらこうなったの。あの人お嬢様だからさ。自分で服買ったことないんだって」

「そんな人がいるんだな……」

「いたんだよねーそれが……あ、ねえねえ、じゃあこれ借りていい？」

あんどれが選んだのは、フードの部分にファーがついたオレンジ色のダウンジャケットだった。我聞が学生の頃に買ったもので、もう何年も袖を通していない。

「冬物はまだ早くないか」

「Tシャツの上に着るんだから、分厚い方がいいでしょ。貸したくないの？」

「いや……古い物だから、お前が嫌なんじゃないかと思っただけだ」

「いいよ別に。全然気にしない」

そうかと我聞は頷き、衣装ケースの引き出しから細身のデニムパンツを取り出した。靴箱にあったグリーンのニューバランスのスニーカーも、ついでに貸してやることにする。これらもまた、学生の頃に履《は》いていたものだ。物持ちがいい方だから、傷んではいなかった。

「ずっと取っといてたの？」

「捨てられなかったんだ。ちょっと待ってろ」

玄関の三和土《たたき》にスニーカーを打ちつけると、砂粒ほどの小石がぱらぱら落ちた。見覚えなどあるはずがないのに妙に懐かしくて、少しの間、しゃがみ込んだままそれを眺めていた。

借り物の衣服を身に着けたあんどれは、昨日までの小学生じみた格好とは比べるまでもない。全体的にややサイズが小さく、そして古びているが、難なく街に溶け込める装いだった。

　自ら服を貸してやったはいいものの、我聞は悪いことをしたような気分になった。服役囚を娑婆《しやば》の人間に擬態させてよかったのだろうか。昨日のままの格好の方が、見るからに危険人物だとわかって周囲の人にとってはよかったんじゃないか？　だが半袖で外に出したとして、風邪をひかれては捜査に支障をきたしてしまう。これは然《しか》るべき対応なのだと自分に言い聞かせた。

　捜査員の誰よりも早く署を出た二人は、朝の七時、祐天寺《ゆうてんじ》の住宅街を訪れた。事件当日にホテルロワイヤルのスイートルーム三〇二八号室に宿泊していた、鈴木雅也《すずきまさや》と中村《なかむら》ユミに話を聞くためである。

「おはようピンポンいざ突撃、お前がオレらの朝ごはん！」

「頼むから余計なこと言うなよ……」

　刑事が昼や夜ではなく早朝に聞き込みを行う理由は二つある。一つ目は、対象者の在宅率が高いこと。二つ目は、第三者に盗み聞きされるリスクが低いことである。

「おはようございます。私、池袋警察署で刑事をしている小野寺と申します。鈴木雅也さんでお間違いないでしょうか」

「そうだけど」

出てきた男は起床して間もないのか、外の光に眩《まぶ》しげに目を細めた。

「マーくん、だぁれ～?」

部屋の奥から女の声が聞こえる。

「中村ユミさんもご一緒で?」

「ええ。昨晩からここにいます」

「それは都合がいい。お二人とも、少しお時間いただけますか」

二人のパンプスやスニーカーが雑多に並ぶ玄関先で、我聞は鈴木雅也と中村ユミに事件当日の行動を尋ねた。

「あの日は仕事帰りにユミと落ち合って、午後八時から池袋駅の近くのイタリアンレストランで食事をしました。付き合って三カ月記念日だったんです。僕は事前に店にサプライズを頼んでいて、花火のついたケーキが運ばれてくるのと同時にネックレスをプレゼントしました」

「そう! これもらったの。いいでしょ～」

「うん、カ～ワイイ」

あんどれが口をはさんだ。中村ユミは頬を紅潮させ「でしょ?」と胸を突き出してネックレスの存在を強調する。

「レストランの名前と、そこを出た時刻はわかりますか？」

「店名はリストランテ国分《こくぶ》。出たのは……うーん、九時半頃だったかな」

「わかりました。その後はどこへ？」

「ホテルロワイヤルです。ここも事前に予約していました」

「ねぇマーくん、ユミたん警察こわ～い。よしよししてぇ」

「はーい」

我聞はよしよしタイムが終わるのを待った。

「よろしいですか。では次に……」

「刑事さん、僕たち何も知らないよ。ユミたんも怖がってるし、帰ってくれないかな」

「ユミたんだって」

あんどれがくすくす笑う。鈴木雅也は耳を赤くした。

我聞はそれから約十分間にわたり聞き込みを続けたが、わかったことは、このカップルはどうやら本当に何も知らないらしいということだけだった。鈴木雅也と中村ユミは、謎の男が現れる前にホテルにチェックインし、事件が発覚する前にチェックアウトを済ませている。

「ご協力ありがとうございました。どんなに些細なことでも構いませんので、何か思い出したらこちらにご連絡ください。では、失礼します」

鈴木雅也に名刺を渡し、我聞はアパートを後にした。

「あのカップルさぁ、だいぶ面白くなかった？」

駅へ向かう途中であんどれが言う。

「ガモちゃんが質問してんのに、始終いちゃいちゃベタベタしてさ。ああいうの、長続きしないんだろうな。そう思わない？」

「知らん」

適当に返し、鞄に捜査用のメモ帳をしまう。

「オレにはわかるんだ。あれはね、きっとだんだんユミたんがマーくんの愛情の測り方を間違えて別れちゃうパターーン。ロマンチックなことばっか期待するようになってさ。誰だって、時間が経《た》てばサプライズなんてしなくなるのに」

「お前は恋愛マスターか」知ったような口ぶりに思わず笑ってしまった。

「違うけどさ」あんどれは口を尖らせる。

「あの二人を見てたら、そのくらいわかるじゃん。琵琶《びわ》法師も言ってるでしょ？　世の中は諸行無常だって」

「記憶喪失の癖に、そんなことは覚えてるのか」

「まあね。割と賢いのよオレの脳みそは……あ、ねえ腹減った。京都行く前にコンビニ寄ろうよ」

遠出が楽しいのか、それとも捜査に慣れてきたのか、あんどれは昨日に増して口数が多かった。何度も捜査から脱線しようとするこの男をたしなめ、急《せ》かし、しまいには引きずって、やっとのことで我聞は祐天寺駅から東京駅まで移動した。

人込みの中で奴を見張るのは至難の業《わざ》だ。珍しいものを見つけると、あんどれはすぐにふらふらと引き寄せられていってしまう。貸した時は不安だったが、派手な色のダウンジャケットが目印になって助かった。

「早いとこホームに上がっておくぞ」

「えーっ、まだあと十分あるじゃん。お土産屋《みやげ》さん見ようよ」

「バカなことを言うんじゃない」

「チッ。五分前の五分前行動、ってか……」

あんどれは残念そうに舌打ちをした。我聞は切符を渡そうとしていた手を止める。

「……それ、誰から聞いたんだ」

「それって？」

「五分前の五分前行動」

「普通に今、オレが考えた言葉だと思うけど」あんどれは首を傾《かし》げた。

「もし受け売りだとしても、誰から聞いたかなんて覚えてないよ」

「……そうか」

我聞は唇を噛《か》んだ。

「どうしたの。おなか痛そうな顔して」

顔を覗き込まれ「どうもしない」と首を振る。

昔のことを思い出したんだ、とは言わなかった。


「ねえガモちゃん」

新幹線が発車すると、あんどれは再び喋り始めた。出がけに寄ったコンビニの袋を開け、おにぎりとエナジードリンクを取り出す。

「オレも警察手帳欲しいな。見せてビビらせるやつやりたい」

「何言ってるんだよ」

突拍子もないその発言に、我聞は苦笑するほかない。

「ビビらせるためのものじゃないんだぞ。信用させるために見せるんだ」

「ふーん。まあ目的なんかどうでもいいからさ。ちょっと貸してくれない？」

「ダメだ」緑茶のペットボトルのキャップを開けながら答える。米を食いながらエナジードリンクを飲む奴とは、一生わかり合えないと思いながら。

「もしなくしたら厳しい処分の対象になる。全国手配されて、俺が手帳をなくしたことが日本の警察官全員にバレるんだぞ」

「えっ、そこまで大掛かりに探すの？　なんで？」

「悪用されるかもしれないからだろ」

「オレは悪用しないからさ。貸してよ」

「絶対に駄目だ。現に誰かをビビらせるために使おうとしてるだろうが」

「ケチ」

「ケチで結構だ」

我聞はあくびを嚙み殺した。東京駅へ来るまでの電車では立ちっぱなしだったからよかったが、今になって疲労がどっと体にのしかかってきた。あんどれから目を離さないためにも眠るわけにはいかないが、それでも、少しは頭を休めたい。

「しばらく静かにしてくれないか。さっき買ってやったものはどれも食っていいから」

「わかった」

鼻唄を歌いながら、あんどれはアーモンドチョコレートの箱を開ける。静かにしてくれと言っただろ。我聞はそう釘を刺そうとしたが、お喋りよりはマシかと諦《あきら》めて口をつぐんだ。

それから、新横浜《しんよこはま》に停車するまでは記憶がある。しかしいつの間に眠ってしまっていたのか、次に我に返った時、我聞は自分が瞼《まぶた》を閉じていることに気づいた。まずい、と体を起こそうとしたのもつかの間、膝《ひざ》の上に置いた鞄に、何者かの指が伸びる気配がした。

「おい」

鋭い声を上げると、指の主はびくっと肩をすくめる。

「お前、今何をした」

「別に何も?」

「しらばっくれても無駄だ。後ろに隠したものを出すんだ」

目をそらさずに睨《にら》みつけると、あんどれは背中に回していた手を渋々前に出した。鞄の中にあったはずの財布が握られている。

「盗《と》ってどうするつもりだったんだ」

「違うよ。新幹線に乗る時にガモちゃんが鞄から落としたから、戻してあげようと思っただけ」

「しょうもない嘘をつくな。がっかりだよ。盗みは二度とするなと昨日言ったばかりだろ？　どうしてわかってくれないんだ。ものをくすねることはそんなに楽しいか？」

あんどれの瞳が揺れた。泣くのかと我聞は思ったが、予想に反して奴の目は洞穴《ほらあな》のように暗く乾いていった。

「わかってくれないのはガモちゃんの方だよ。昨日の夜、鍵をかけたことにオレが気づかないとでも思ったの？」

鈍い痛みが胸に走る。しかしなぜ俺がこいつに責められねばならんのだと、すぐに思い直して口を開いた。

「夜中にトイレに行きたくなったなら、壁でも叩いて俺を起こせばよかっただろ。隣の部屋にいるんだからすぐに気づける」

「そういうことじゃねえよっ」

「わがままを言うな！　いいか、罪を犯した奴を信用しないのは当たり前だ。お前が盗みを続ける限り、俺はあの部屋に鍵をかけるよ」

あんどれは黙り込んでいる。

「お前、優秀だから刑務所から引っ張り出されたんだろ。だったら能力を発揮してくれよ。まず始めに、ものを盗るのはやめろ。防カメの精査中にちょっかいを出すのも控えてほしい。聞き込みの時も、俺の後ろにくっついてるだけじゃ意味がないんだよ。自由や信用が欲しいなら、同じ分だけ手柄を上げろ。このままでは、お前は単なる俺のお荷物だ」

失望や怒りを一方的にぶつけるだけの言葉が、人をどれほど深く傷つけるかは理解していた。だからできる限り冷静に、あんどれが納得できるように伝えたかった。真剣に向き合えば、必ずどこかでわかってくれるはずだ。そう信じたかった。

「わかったな」

我聞が尋ねると、あんどれはゆらりと視線を上げた。そして一切の迷いも見せずに言い切った。

「そんなの、オレの知ったことじゃないよ」

奴は冷たい目をしたまま笑った。

「部屋の鉄格子で気づいたんだけどさ。オレ、警察に媚《こ》びる必要なくない？　昨日は刑務所に返すぞって脅されてビビっちゃってたけど、そもそもガモちゃんにそんな権限ないよね。オレの面倒を見ることになったのだって、どうせあのパワハラ姐さんに言われたからでしょ？」

我聞は答えられなかった。しかしあんどれは、答えが返ってくることなど微塵《みじん》も期待していないようだった。

「警察は何が何でも事件を早く解決したいから、服役囚のオレにも捜査の協力を迫ってる。ならよっぽどのことがない限り、刑務所に送り返すなんて判断はしないはずだ。だったら、小鳥遊のおっさんを殺した犯人が捕まらない方がオレにとっては都合がいい。捜査本部が設置されてる限り、シャワーとお菓子のある生活が続くからね」

頭の後ろでゆったりと手を組み、あんどれは座席にもたれかかった。通路の向こうから車内販売のワゴンが近づいてくることに気づき「さっきはアイス買おうとしてたんだよ」と悪びれもせずに言う。

「……お前は」

我聞はかすれた声で言った。

「お前は、自分の罪について何も思わないのか。被害者に対して申し訳ないとか……償《つぐな》わなければならないとは思わないのか？」

「思うわけないじゃん。覚えてないんだから」

あんどれは大きなあくびをして目を瞑《つむ》る。

「確かに、家族や友達の記憶がないのは寂しいよ。でもさ、もし全部思い出して罪悪感を引きずって生きていかなきゃいけなくなるなら、オレは今のままがいい。限りなく気楽で、何もかもどうでもよくてさ。結構気に入ってる」

「記憶がなくなっても、お前の罪が消えるわけじゃないんだぞ。それを気に入ってるって」

「もういいでしょ?　なんか眠くなっちゃったよ」

安らかな寝息を立て始めたあんどれの横で、我聞は拳《こぶし》を握りしめた。

やるせなかった。奴とわかり合えない自分が情けなかった。捜査本部の解散まで大きな問題を起こさずにやり過ごすことができればそれでいいと、昨日までは思っていた。しかし今のやり取りで、それだけではダメだと気づいた。たとえ犯行時の記憶がなくとも、一時的に刑務所から出ることが許されても、あんどれの罪人としての人生はこれからも続くのだ。ならば、してはならないことやすべきことについて教えてやらなければならなかった。それが直接捜査のためになるとは考えにくいが、いつまで続くともわからないこの状況の中で、自分にできることはすべてやろうと決めた。

過《あやま》ちを犯したことを責めはしたが、傷つけたいわけではない。それだけはわかってほしいんだと、眠る服役囚を見ながら我聞は心の中で呟いた。

三〇二六号室に宿泊していた男・船橋凪人《ふなばしなぎと》の住居は、京都府伏見《ふしみ》区の醍醐《だいご》地区にあった。コンクリートの外壁に落書きが目立つ古いアパートだ。赤錆《さび》だらけの外階段は、手すりに触れると塗装がぼろぼろ剝がれた。賃貸人の修繕義務が心配になる。

【船橋】と表札が出た部屋のインターホンを押してみたが、反応はなかった。

「二時間かけて来たのに空振りかよ！」

あんどれがドアを蹴り上げる。

「やめろ。器物損壊」我聞は鞄から資料を取り出しつつ叱った。

「平日の昼間だから、もともと在宅は大してあてにしてない。勤務先に移動しよう」

資料から探し出した会社名をもとに、ここからの移動手段を探す。

「タクシー拾ってね。オレもう疲れたから」

あんどれが投げ出すように言った。

参考人の船橋凪人は今年で三十五歳。京都府出身かつ在住、妻子なし。製菓会社の総務部に所属する一般社員である。

受付で警察手帳を見せると、「すぐにお呼びします」と内線を繫《つな》いでもらうことができた。待合所のソファに座り、対象者が来るのを待つ。

「暖房あっちい」

あんどれがダウンジャケットを脱いだ。濃いブルーのＴシャツにプリントされたサメが、いざ息継ぎとばかりに顔を出す。

「お前、新幹線で俺が言ったこと覚えてるよな」

「えっ？　なんだっけ」

「なんだっけって……」

あれだけきつく叱ったのに効果なしかと、我聞は落胆《らくたん》して首を振った。

二つあるエレベーターのうち、右側が一階に到着した。中から体格のいい男が姿を現した。

「警視庁の刑事さんが、わざわざ東京から。僕に何の用です？」

標準語に合わせようとしているが、イントネーションに訛《なま》りが残っている。独特の喋り方をする男だった。

我聞はソファから立ち上がり、警察手帳を見せた。

「お時間を頂戴《ちょうだい》して申し訳ありません。私、池袋署で刑事をしている小野寺と申します。十月二十日と二十一日のあなたの行動についてお伺《うかが》いしたく、こうしてお邪魔させていただきました」

「別にええけど……このサメT着てる人なんなんですか」

「お気になさらず。覚えていらっしゃる範囲で、当日のあなたの行動をお聞かせ願います」

警察手帳をしまい、我聞はボールペンとメモ帳を構える。船橋が話し始めた。

「東京へ行ったのは出張です。僕がもともと泊まるはずだったのは、十階にある普通の部屋だったんです。でもちょうど団体のお客さんの予約が入らはって、グレードを揃《そろ》える必要が出てきたらしくて。僕の部屋が取り替えられることになりました。それが三〇二六号室です」

「なるほど」

ホテルの従業員の証言と同じだ。

「刑事さん、僕がいた部屋の隣で起こった殺人事件の捜査してはるんですよね？　小鳥遊建設の社長の」

「ご存じでしたか」

「ニュースで見ました。いやあ、近くでそんなえげつないことが起こってたなんて怖いわあ」

参ったとでも言いたげに、船橋は苦笑して首を振る。気さくな人柄が垣間見えた。

「でね、刑事さん。僕見たんですよ。犯人っぽい男」

急激に声を潜《ひそ》め、船橋は瞳をきらめかせてそう言った。我聞は虚を衝《つ》かれる。

「それは……確かですか」

「はい。犯人かはわからんけど、怪しい男とすれ違ったのは確かです」

手ごたえを確信するのはまだ早い。捜査に極端に協力的な参考人は、自分が目撃したものを過剰に事件と結び付けたりしている場合がある。慎重に聴取しなければと、我聞は姿勢を正した。

「あなたがその男を見たのは、何日の何時頃のどこですか」

「十月二十一日の午前二時十分過ぎ。目が覚めて、喉渇《のどかわ》いたなぁと思って部屋の時計を見たから正確なはずです。ちょうど飲み物を切らしてて、廊下にある自販機に行こうと思って部屋のドアを開けたんです。そしたら男とぶつかりそうになって」

「背の高さや服装は覚えていますか」

「身長は僕より十センチくらい低めでした。百七十五かそこらですね。服装は黒のスーツやったと思います」

時刻も身長も服装も、防犯カメラに映っていた正体不明の男の情報と一致している。

「顔の特徴は思い出せますか」

「だいたいなら。一瞬だったけど、ええ男だったんでよく覚えてます」

我聞は心臓が早鐘を打つのを感じた。今のところ、船橋の証言に矛盾《むじゅん》点はない。彼は笑みを浮かべているが、それは単に事情聴取という非日常的な体験に対するものとみてよさそうだった。

「眉が濃くて……目つきはギュッと鋭い感じでしたね。面長で、鼻筋もしっかりしてて」

「録音してもよろしいですか」

メモを取る手が追いつかず、我聞は鞄からボイスレコーダーを取り出す。

これほど具体的な証言を得られるなら、似顔絵捜査官を連れてくるべきだった。船橋の証言は今でこそ明確だが、時間が経つにつれ、記憶にはバイアスがかかる。言語化しようとすればするほど、参考人は自身の言葉につられて正確な情報を話せなくなってしまう。東京に戻って捜査官を手配し、船橋にフィードバックを求めるまでの時間を考えると、似顔絵の信頼度の低下は否《いな》めなかった。

事前に確認を取っておけばよかった。本部にいるうちに、捜査員の手配をしておけばよかった。後悔しても何も残らないのはわかっている。けれど自分への失望を抑えることができなかった。

「ったく、手柄を上げろとかオレに偉そうなこと言ってたのは誰だよ」

声がした方に顔を向けると、あんどれと目が合った。

「貸して」

「何をだ」

「ペンとメモ帳。貸せよ」

差し出す前に「今度はオレの番」と言って取り上げられた。

「役に立ちゃいいんでしょ」

そう言って奴はメモ帳の新しいページをめくり、ペンを走らせ始めた。迷いのない速度でアタリの線を引いていく。ものの十分もしないうちに、男の似顔絵を描き上げた。

「防カメの映像から額の広さとか髪型はアドリブで付け加えちゃったけど、だいたいこんな感じ？　修正するから言ってよ」

「よう描けてるなあ」

船橋凪人が歓声を上げた。

「あなた、似顔絵の人だったんですか。サメのTシャツやし、刑事さんのおまけでついてきてはるだけかと思ってました」

「違うよー。ガモちゃんがオレのおまけなんだよ」

あんどれは得意げに胸を張る。

我聞はまだ自分の目が信じられなかった。さっきまで子どもっぽくへそを曲げていた男が、こんなところでいきなり力を発揮するとは思わなかったのだ。

船橋は似顔絵を見、少し考えるそぶりを見せ、そしてまた似顔絵を見た。記憶を確かめているらしい。

「えー……あともうちょっと目が大きかったかな。頬は少しこけてる感じで、右側に流した前髪が長くて」

「それ以外は？」

「まぶたが二重」

「はいはい。それにしても、やけに記憶力がいいんだね」

「覚えることが得意なんです。……あ、凄《すご》いなあ。さらに近づきました」

「もう直すとこない？」

「ない……と思います」

「オッケー。じゃあ終わり」

あんどれは我聞にメモ帳を放ってよこした。

「船橋さん、この似顔絵が目撃した男にどのくらい似ているか、パーセントで教えていただけますか」

「七十……いや八十パーセントです」

かなりの高成績だった。似顔絵の上に、我聞はその数字を書き留めておく。

「ご協力ありがとうございました」

「いえいえ、とんでもない」

船橋が首を振る。あんどれは何も言わなかった。

二十分もすると、大体の聴取内容はまとめ終わった。

「船橋さん。最後に一つだけお聞きしてもよろしいですか」

「何でしょう」

「あなたは報道を見て、今回の事件のことを知ったとおっしゃいましたが、なぜ今まで警察に目撃情報を提供しなかったのですか？」

スムーズに進んでいた事情聴取に、初めて数秒の空白が生まれた。

「……自分から申告したら、つまらないからです」

船橋は小さく笑って答える。

「日本の警察は優秀やし、黙っててもそのうち向こうから来てくれはると思って。会社で聞き込みされるなんていう、ドラマみたいなことを経験してみたかったんです。ただのつまらん会社員のわがままですね。どうもすみませんでした」

いたずら好きの子どもみたいな目をしている。それを見た瞬間、我聞の中で船橋とあんどれの顔が重なった。二人は外見こそ似ていないが、まったく悪びれずに謝罪をする点に関しては、同じといってもよかった。

「では、我々はこれで。本日は貴重なお時間をありがとうございました」

「いえ。刑事さんのお役に立てたならよかったです」

船橋は軽く頭を下げ、オフィスに戻っていった。

タクシーに乗り込むと、仕事用のスマートフォンが鳴った。阪井係長からの着信だった。

『小野寺。もう船橋凪人に接触した？』

「はい、たった今。被疑者らしき男を見たそうで、似顔絵を作成しました」

『そうか。たった今、築地《つきじ》署の刑事課と連絡がついた。前科者リストの中に船橋の名前があったんだ』

「前科者？」

思わず大声を出すと「マジで？　仲間じゃん」と、あんどれも横で反応する。

『奴は十年前に盗品保管の罪で逮捕されてる。被害届三十件超えの売買グループの元メンバーだ』

「詐欺《さぎ》師ですか……」

我聞は呆然と呟いた。聞き込みされている状況を面白がっているような、あの食えない表情を思い出した。

『服役中に親の離婚に合わせて苗字《みょうじ》を変えていて、見つけるのに時間がかかってしまった。私の着任前だったから、調べようにも確信が持てなかったんだ。情報が遅れて申し訳ない』

「いえ……被害者と船橋に面識はありませんでしたよね？」

『ないね。だが目をつけておくに越したことはない。小野寺も惑わされるな。警察を嫌っている奴の証言は、あまり信用しない方がいい』

「了解しました」

通話を終えると「あいつ前科者だったの？」と、あんどれに尋ねられた。答える間もなく「だったらなんで今、正社員やれてんの？」と重ねて質問される。

「憶測の範囲だが……会社が刑務所と連携しているんだろう。出所者の再犯を防ぐために、刑期が明けないうちから内定を与えておくんだ。大概、経営者本人かその家族が前科者で、同じ立場の人間に理解がある場合が多い」

「へーっ、そんなシステムあるんだ。知らなかった」

「少年刑務所にも、理容師や電気技師の資格を取れるところがあるはずだが」

「オレのとこにはなかったと思うよ。全然ピンとこないもん」

「そうか」

平日の昼間の真っ只中《ただ》を、タクシーは滑るように進んでいく。電車や徒歩で移動してもいいが、あんどれといると警察が寄ってくるのだ。確かに、季節感がずれた服装は警察官が職務質問の相手を見極めるポイントの一つでもある。我聞が警察手帳を見せれば怪しまれることはないが、刑事が怪しい男を連れていると噂《うわさ》が立つのは避けたかった。服役囚捜査加担措置について説明するわけにはいかず、それにもし都道府県警レベルの問題に発展したら捜査の足を引っ張ってしまう。

京都駅でタクシーを降り、東京行きの新幹線に乗り込んだ。往路の車内での口論が蘇《よみがえ》り、つかの間、気詰まりな空気が流れる。

「なあ」

我聞が呼びかけると、奴は窓の外を向いたまま「何」と小さく答えた。

「俺も悪かったよ。鍵のことでお前を言いくるめて」

「……オレのこと、まだお荷物だと思ってるんでしょ」

「そんなことはない。似顔絵の件は本当に助かった。お前があの場にいてくれてよかったよ」

行きの車内ではわからなかったが、船橋に似顔絵を褒められ、鼻高々になっているあんどれを見て気づいた。おそらく、こいつは認められることに飢《う》えているのだ。無垢《むく》で幼く、それゆえに人との適切な距離感を知らない。少しでも褒めてやればこちらが戸惑うほどの勢いで尻尾を振り、叱れば途端にへそを曲げて落ち込む。

ならば奴が捜査に貢献した暁《あかつき》には、きちんとその成果を評価してやらねばならなかった。

もちろん甘やかすわけにはいかないが、善《よ》い行いをすればその分だけ信頼を得られるのだと教えてやりたい。

「いいか、よく聞けよ。一回しか言わないからな」

「何？」

「お前が優秀なことは、俺がよく知っている。お前が盗みを働いたり、暴れたりしなくても、俺はきちんとお前のことを見ている」

「……あっそ」

あんどれはこちらを見ないまま鼻を鳴らし、しばらく経ってからへへっと笑った。

東京駅に到着する頃には、奴はすっかり調子を取り戻した様子だった。「ガモちゃんてさ、刑務所の内情に詳しいよね」と、無邪気な表情で口にする。

「さっきの就職のこととか、昨日の揚げ物のこととかさ。なんで知ってんの？」

何気ないその指摘は、目に見えないガラス片となって我聞の心に刺さった。一瞬、無視を決め込もうか悩んだ。

「……警察官なら、このくらい誰でも知ってるだろ」

今は仕事中だと自分に言い聞かせて、脳裏に浮かびかけた記憶に蓋《ふた》をした。

○

あんどれの描いた似顔絵が共有されて数日後、捜査本部に二つの大きな動きがみられた。

一つ目は、被害者の死因が判明したこと。硝酸《しょうさん》ストリキニーネという、犬の殺処分にも使われる毒物による呼吸困難とのことだった。

もう一つは被疑者についてだ。

「防犯カメラに映っていた男の素性がわかりました」

夕方の会議で、近隣署からの応援捜査員がそう発言した。

「浦部道雄《うらべみちお》二十八歳、都内のハウスメーカーで設計を担当しています。情報提供者は浦部の大学の同級生で小鳥遊建設の現社員。二人は早穂田《わほだ》大学建築学科の同級生です。被害者の小鳥遊大河《たいが》も同校のＯＢで、穂門《すいもん》建築会という同窓会グループの集まりにて三年前から交流があったようです。また小鳥遊は男色嗜好《しこう》で、浦部と援交関係の噂が立ったこともあるとか」

捜査員はホワイトボードに浦部道雄の写真を張り付けた。吊り気味の濃い眉、目力の強い瞳。あんどれが描いた似顔絵は浦部の特徴をよくとらえていた。

「奴は今どこにいる」

主任官が尋ねた。捜査員はハンカチで額の汗を拭う。

「……わかりません。勤務先によると、事件前日から無断欠勤が続いています。ただ、受付の玉木日菜子《たまきひなこ》という人物が何か隠しているようです。浦部と連絡を取っているかもしれません」

「今すぐ任意同行で引っ張ってこい。浦部の方は検証許可状を請求して、携帯電話会社に大体の位置情報を割り出してもらえ。残りの者はこれから各関係先に張り込みだ。以上！」

会議が終わると、あんどれは机の上に脚《あし》を投げ出した。

「やーっと終わった。あのおっさん、オレらのこと働く人形だと思ってるんだもん。嫌になっちゃうよ。それにこの部屋、ストレス臭がひどいし」

そう言ってTシャツの襟元をつまみ、鼻を覆っている。

「オレらってこれから何するの？」

「主任官の話を聞いてなかったのか。張り込みだよ」

我聞は公用車のキーを摑んだ。

「玉木日菜子の自宅の裏口で、無線呼称はD地点」

「えーっ、行っても無駄だよ。そんなわかりやすい場所に浦部がいるわけないじゃん。それにもし日菜子ちゃんが何か知ってんなら、会社に警察が来た日にのこのこ家に帰らないと思うよ」

「浦部がそう簡単に現れないことくらい全員わかってるよ。玉木日菜子確保のために、会社にも実家にも友人宅にも今一斉に捜査員が向かってる」

「スーツにファブリーズする暇も惜しんでね……」

わざとかと思うほど、あんどれはゆっくり立ち上がった。

D地点に到着後、車内でひたすら対象者が現れるのを待った。時計の針が進むのを遅く感じる。道の端に一つだけ設置された街灯がもの寂しかった。

「日菜子ちゃん、どこに隠れるつもりなのかな……。オレ、眠くなっちゃった」

午前零《れい》時を回る頃、助手席のあんどれがあくびをしながら言った。

「ガモちゃん、すべらない話してよ」

「サイコロがないからできない」

「チッ、残念。てかオレ、親の顔も知らないのになんでテレビ番組のことは覚えてるんだろ」

「家族より芸人か」

「家族が芸人かもしれないよね」

奴は窮屈そうに身動きをした。

「そうだ、ガモちゃんの家族について話してよ」

「別に面白くないぞ」

「そんなこと言わずにさ。パパとママはどんな人？　地元はどこなの？」

「生まれも育ちも東京だ。父と母は教師」

「うわ。っぽいなあ……」

何がおかしいのか、あんどれはくすくす笑う。

「親も自分も公務員とか、ザ・税金で育ち税金で生きる男じゃん。刑務所のメシ食ってたオレも似たようなもんだけどさ」

「お前と一緒にするな。正反対だろうが」

「えっ何、急に冷たいじゃん。体感温度さらに下げようとするのやめてくれる？」

バッテリーが上がらないよう、張り込み中はエンジンを切らなければならない。十一月とはいえ車内は冷え込んでいた。あんどれはダウンジャケットのフードを被り、ポケットに両手を突っ込んでいる。そうしていると、とても服役囚には見えなかった。とはいえ日本のごく普通の青年というわけではなく、アラスカのイヌイットの見た目に近い。

「ガモちゃんはさ、なんで今の仕事やめないの？」

「は？」

唐突な質問に不意を衝かれた。しかし奴は気にする様子もなく続ける。

「ポリ公って給料が飛び抜けていいわけじゃないし、いつ襲われて拳銃奪われるかわかんないし、休日もしょっちゅう呼び出されるし、訓練キツそうだし、民間人に嫌われるし。おまけに殉職《じゅんしょく》の可能性もあるじゃん。なんでなりたい奴がいるのか疑問なんだけど」

「それは……」

すぐには答えられなかった。親戚や大学の同級生から、なぜ警察官になったのかと訊かれたことは何度かあったが、辞めない理由を訊かれたのは初めてだ。考えたことすらなかった。人を助けたい。人を守りたい。その気持ちがあれば充分だった。己の力不足に悩まされることは幾度もあったが、一度警察官になったからには、仕事を続けることに疑問を持ったことはない。

「正義感だよ」

我聞が雑にまとめてそう答えると、

「セイギカンね」

あんどれは皮肉るようにリピートした。

「オレには、それがよくわかんないの。献身的って言えば聞こえはいいけど、要は偉い人間にマインドコントロールされてるだけじゃん。正義って言葉を使っとけば、ガモちゃんみたいな優しい人間はとりあえず命令に従うからさ。オレにとっちゃ、偉くもなんともないね。自分のことを大切にしてないだけだよ」

「でも誰かが行かないと、現場の対応が遅れるだろ。だったら俺が」

「うぬぼれだよ。自分が自分がって率先して動いても、一番に現場にたどり着けることなんてめったにないでしょ？　都内には警察官が何万人もいて、そのほとんどがガモちゃんより上の階級じゃん。代わりなんてびっくりするほどたくさんいるよ」

ズビッと音を立てて鼻を啜《すす》り、あんどれはダウンジャケットのポケットから棒付きキャンディーを取り出した。爪だと上手くいかなかったのか歯で包み紙を破き「プリン味」と目を細めて表示を読み上げる。

我聞は鞄からティッシュを取り出した。あんどれが受け取ろうとしないから、わざと力を込めて強く鼻を拭ってやる。「イデデ」奴は大げさに顔をしかめた。

「もっと優しく拭いてよ。鼻の皮が剝《む》けちゃう」

「ささくれは剝く癖に」

「うるせえよ。これだからポリ公は嫌いだ。すぐ揚げ足取るじゃんか」

あんどれはプリンの匂いを漂わせながら言った。

「とにかくさ。正義感を人質に取られて、ガモちゃんみたいなフツーの人間が危険な仕事に就いてる世の中おかしいよ。悪人がやるべきなんだ。人を救った数だけ刑期が短くなるとかさ。グッドアイデアじゃない？」

「そうなったら、今度はお前が警察官だな」

「いや、オレは遠慮する。どっか高いところから騒ぎを見物してたい」

「わがままだな」我聞は噴き出した。

気が緩みかけたのもつかの間、空気を裂くように無線が鳴った。

『証拠品班より捜査本部。手塚《てづか》と阪井、A地点にて友人宅へ向かう玉木を確認しました。任意同行に向かいます、どうぞ』

『捜査本部了解』

「パワハラ姐さんじゃん」

あんどれがキャンディーを噛み砕いて囁く。

時計を確認すると午前二時だった。やがて再び無線が鳴り、阪井係長の声で玉木日菜子の確保を知らせる。主任官が残りの捜査員の引き上げを命じた。

「戻るか」

我聞は車のエンジンをかけた。

「今日みたいなお喋りデーばっかりだったら、ポリ公も悪くないかもね」

あんどれが静かな声で呟く。

「俺がポリ公なら、女警《じょけい》のことはどう呼ぶんだ」

「ポリ子」

「なるほどな」

公用車は発進する。


やがて玉木日菜子の取調べが始まった。場所は池袋署の取調室。取調官は、警視庁捜査一課に所属する手塚刑事である。立ち合いは、阪井係長と近隣署の生安課員の女警計二名が担当した。

張り込みから署に戻った我聞は、講堂にメモ帳を置き忘れたことに気づいた。駐車場から直接回収に向かい、やけに静かだなと思って後ろを振り返る。ついてきていたはずの奴の姿がなかった。一瞬後に焦りが追いつき、全身の血が足元に落ちた心地がした。

慌てて引き返すと、幸いあんどれはすぐ見つかった。玉木日菜子がいる取調室の前に、べったりと張り付いている。

取調室のドアにはマジックミラーがついており、参考人に気づかれることなく様子を窺《うかが》うことができる。　長身のあんどれは目の位置が合わず、エビのように背中を丸めて中を覗き込んでいた。

「あ、ガモンチャン！　ちょっといらっしゃい」

我聞に気づくと、奴は嬉しそうに手招きをする。

「俺をセバスチャンみたいに呼ぶな」

我聞は溜め息交じりに言って近づいた。眉間を揉《も》んで眠気を堪《こら》える。今すぐ泥のように濃いコーヒーが飲みたかった。

「戻るぞ。給湯室でカフェオレを作ってやるから」

「やだ」

「頼むから言うことを聞いてくれ。朝の会議までにコピーしなきゃならない資料も山ほどある」

「ちょっとだけ待ってよ。あの手塚ってポリ公、一課の期待の星なんでしょ？　ガモちゃんも取調べしてるとこ見たくないの？」

「今はそんな気分じゃない」

「じゃあ十秒だけ。それだけ見たら離れるから」

「……絶対だぞ」

諦めて条件を呑んだ我聞は、早く時間が経たないかとコツコツ革靴の底で床を叩いた。

「カフェイン中毒じゃん」

あんどれがにやりと笑う。

「ガモちゃんも見てみなよ。勉強になるんじゃない？」

「俺はいい」

「頑固だなー。もったいないと思わないの？」

しつこく勧められ、仕方なく横から取調室を覗き込んだ。

手塚刑事がドアに背を向けて座っていた。反対側には、心細げに身を縮める玉木がいる。両手で肘《ひじ》を抱え込み、無意識の防御姿勢をとっていた。その大きな瞳がドアに向けられ、目が合ったようで我聞はドキリとした。

「お前ら、ここで何やってる」

背後で声がして振り向くと、捜査本部の主任官が立っていた。

「資料の用意は終わったのか」

「すみません。直ちに取りかかります」

「ペットも忘れずに連れていけ」

主任官は隣に立つあんどれを顎で示した。

「もちろんです。……ほら、行くぞ」

「まだ十秒経ってないじゃん！」

ごねるあんどれのTシャツを掴み、我聞は取調室を離れた。給湯室を過ぎ、講堂へ向かう。

「え、カフェオレは？」

「気が変わった。資料の準備を終えてからだ」

「ひでえ！　騙《だま》しやがって」

「後で作ってやると言ってるだろ。これからは急にいなくならないでくれ。俺たちみたいな下っ端は、勝手に取調室に近づいちゃダメなんだよ」

「ガモちゃんだって見てたじゃん」

「魔が差しただけだ」

講堂には誰もいなかった。長机の上に散乱した資料から、我聞はコピーが必要なものと必要でないものを分類していく。

「いいか。おそらく玉木は浦部の居場所を知っている。手塚さんが彼女を落とせなかったら捜査はどん詰まりなんだ。頼むから、取調室の前を通る時だけでも大人しくしていてくれ」

「チッ、わかったよ」

あんどれは渋々頷いた。椅子を段差にして長机に飛び乗り、土足で歩き始める。書類にスニーカーの足跡がついた。「やめろ！」我聞は悲鳴を上げる。

「日菜子ちゃんに口を割らせるの、正直言って難しいと思うな」

宙返りをして長机から飛び下り、あんどれは椅子にどかっと腰を下ろした。頭の後ろで手を組むと、水色のTシャツにプリントされたアヒルがでかでかと存在を主張する。

資料の分類を終えた後、コピー機を使うために刑事課のオフィスへ向かった。取調室の前を通ると、手塚刑事の声が耳に飛び込んでくる。防音仕様にもかかわらずここまで聞こえてくるということは、室内にいたら鼓膜が破けそうになるだろう。

「いいか、いつまでも浦部の居場所を吐く気がないなら、あんたも犯罪者と同類だ！　食料や衣類を届けるよう指示されたんだろ。利用されてたことにも気づけないのか！」

玉木日菜子の返事はない。

一時間後、膨大な量のコピーを取り終えて再び取調室の前を通った。すると今度は、打って変わって優しい声が聞こえた。

「玉木さんもわかっているだろう。浦部道雄は許されない罪を犯した。そんな恋人のことを匿《かくま》っている必要はない。さあ、打ち明けて楽になろう。君だって、もうこれ以上こんなところで俺に罵《のの》しられたくはないはずだ。言えばすぐに解放してあげるから」

典型的な飴《あめ》と鞭《むち》の聞き出し方だった。厳しい態度と優しい態度を交互に取ることによって、参考人の意思をコントロールするやり方だ。

「ねえガモ」

あんどれが何か言いかけた。だ・ま・れ。我聞は声を出さずに口を動かす。

講堂に戻って早々に、奴は喋り始めた。

「手塚の野郎さ、作戦が見え見えだよ」

「そんなことはない。飴と鞭はわかりやすすぎるくらいがちょうどいいんだ」

「ちょうどいい？　アレが？」

「そうだ」

幹部の机の上に、我聞はコピーしたての資料を並べていく。

「手塚刑事は殺人の被疑者が相手の取調べが得意らしい。これまでに何件も決定的な証言を引き出してきたんだ。参考人相手なんて朝飯前のはずだ」

「ふーん。期待されてんだね」

あんどれはまだ納得していない様子だ。椅子に座ってのけぞり、スニーカーの底を床にコンコン打ちつける。

「その資料、さっさと並べ終わっちゃってよ。オレ早くカフェオレが飲みたいんだけど」

「カフェイン中毒はお前の方じゃないか」


それから数日が経っても、玉木日菜子は口を割らなかった。

彼女は毎朝九時になると池袋署に出頭してくるが、席に着くと人形のように黙り込んでしまう。そして出された水を飲むこともなく、手洗いに立つこともなく、ただ座って時間が過ぎるのを待っている。

「刑事さん、また明日も来なきゃいけませんか」

夕方になると疲れた顔でそう尋ね、バッグを抱きかかえて署から出て行く。

捜査本部の面々にも、焦りが見え始めていた。

「何やってんだ手塚は……」

捜査会議の後、主任官が苛立《いらだ》たしげに机を叩いた。当の手塚刑事は、すでに取調べへ向かった後だ。

「証拠品班！　現場から浦部のＤＮＡは出ないか。指名手配できねえじゃねえか」

「出ていません。申し訳ありません」

「地取り班！　浦部の目撃情報は」

「ありません。申し訳ありません」

「鑑取り班！　犯行動機の手掛かりは」

「摑めていません。申し訳ありません」

「ったく無能しかいねぇのかここはぁ！」

朝の恒例になりつつある怒鳴り声に、講堂はしんと静まり返る。

「あのさあ」

あんどれが口を開いた。

「このままじゃ、日菜子ちゃんは絶対に口を割らないよ。オレは始めから、こうなるのわかってたもんね。おっさんたち、もっと計画を練ってから確保すればよかったのに」

「小野寺。そいつ黙らせろ」

「申し訳ありません」

主任官に命令され、我聞は賞味期限切れの饅頭《まんじゆう》をあんどれの口に押し込んだ。

「らってさー、ガモひゃんにもわかるでひょ？」

「黙れって」

「てひゅかは、らしかに殺人犯相手の取調べが得意かもしれないけど。あの参考人とは、明らかに相性が悪いよ。日菜子ちゃんには飴と鞭じゃなくて、飴と鞭と飴と飴くらいじゃなきゃ無理」

瞬《また》く間に饅頭を飲み下し、あんどれはすっぱりと言い切った。

講堂のドアが開く。阪井係長が記録用紙を片手に入ってきた。

「落ちたか」

「いえ。玉木は相当しぶとい女です」

「そんなことはわかってるんだよ。それよりお前の係が飼ってるペットがさっきからキャンキャン吠《ほ》えて仕方ねえ。役立たずは捜査の邪魔だ」

「彼は似顔絵で被疑者の割り出しに貢献しましたが」

「それはもう終わったことだろうが。とにかく、どこかに捨ててきてくれ」

阪井係長は顎に手を当て、何か考え込んでいる。

「……実は先ほど私ともう一名の立会人の間で、一八三番を取調官にしてみてはという意見が出たんです」

捜査本部はざわめいた。

「阪井……お前までバカになったのか」

「私は真剣です。彼は察庁が作成したテストの結果から、警察官の素質があると判断されて本署に派遣されてきました。手塚刑事の取調べが滞《とどこお》っている今、実験的に使ってみるのも悪くはないと思いますが」

阪井係長はあんどれに目を向けた。

「一八三番。玉木日菜子の口を割る自信があるなら、私と一緒に来なさい」

「そりゃ、自信はあるけどさ」

あんどれは片手で額を払い、抜け落ちた髪をフッと吹き飛ばして言った。首をひねり、目を細めて我聞のことを見つめる。

「ガモちゃんは、オレにどうしてほしいの？」

我聞は驚きで小さく息を呑んだ。まるで誰にも懐かない猛獣が自分だけに心を開き、その行動を自在に操れるようになったかのようだった。

悪かったと謝ったり、助かったよと感謝したり。単体ではほとんど力を持たなかった言葉の数々が、今や頑丈な鎖となって奴を従わせているのだ。目には見えないが、決してちぎれない首輪だ。手錠や腰縄よりも、よほど強い拘束力を持っていた。

「取調べに協力してくれ」

自分の声は思っていたよりもずっと頼りなく小さく聞こえた。しかし奴には聞き取れたはずだ。たとえ音にならない小さな囁きすらも。

「了解」

あんどれは唇から犬歯を覗かせて笑った。

「あのさ。取調べの立会人ってのは、ガモちゃんがやってもいいわけ？」

「構わないよ」阪井係長が頷く。

「女性参考人には最低でも一人は女警がつかなければならないから、私と小野寺がやろう」

「オッケー」

あんどれは勢いよく立ち上がり、取調室へ向かうために意気揚々と講堂のドアを目指す。奴の後ろを歩きながら、我聞は自分の足取りが妙に軽いことに気づいた。とうとう俺まで頭が変になったのかと笑いたくなる。不思議と愉快だった。デスクにかじりついていた頃の自分が、色あせて見えるほどだった。

手塚刑事は、取調官の変更に断固反対した。

「どうして俺が外れなきゃならないんだ」

取調室の外で、彼は不満もあらわにそう言った。

「こんなわけのわからない奴と交代なんて認めるものか。阪井、お前どうせ主任官の許可なしに無理やり連れてきたんだろう」

「確かに許可は下りていませんが、止められもしなかったので」

「こんなことが許されると思ってるのか」

「許されるも許されないも、捜査を進めることが第一です」

二人は腕を組んだまましばし静止していた。風神と雷神の睨み合いのようだった。

「……もし交代したとして」手塚刑事が口を開いた。

「吐かせられなかったら、どうなるかわかってるんだろうな。浦部を見つけられないのは、余計なことに時間を使ったお前の責任になるんだぞ」

「承知しています。しかし、私の部下ならできるはずです」

「過信していると後で痛い目を見るぞ」

「ご心配には及びません」

また、しばしの睨み合い。

「……そこまで言うなら譲歩してやる」手塚刑事が肩を怒らせて言った。

「いいか、俺は十五分後に戻ってくるぞ。その時までにこいつが玉木を落とせなかったら、お前の負けだ」

「了解しました」

「お前ら全員、まとめて捜査本部から外れてくれることを願うよ」

手塚刑事は取調室の前から去っていく。

「あのさあ」あんどれが口を開いた。

「遠回しにプレッシャーかけても、オレには効かないよ」

「そうか。小野寺とはずいぶんタイプが違うんだね」

阪井係長は小さく笑った。

「君に期待しているのは本当だよ。頑張ってほしいと思っている」

「ふーん？　そんじゃ早速、突撃」

あんどれは取調室のドアを開けた。椅子の上で、玉木日菜子が身を縮める。

「……刑事さんは？」

「手塚はトイレだって。戻ってくるまでの間、オレが代わりに取調べすることになった」

「この人も警察なんですか？」

玉木は阪井係長に尋ねる。

「違うけど、私たちの仲間」

阪井係長は平坦な口調で答えた。

「ね、見ての通りオレは刑事じゃない。だから気楽にいこうよ。手塚のトイレが終わるまでお喋りしよう」

歳《とし》が近いあんどれのふやけた笑顔につられたのか、玉木日菜子はかすかに頬を緩めた。

しかし、奴が取調官用の椅子に座ると再び唇を引き結ぶ。

「疲れたでしょ？　あんな般若《はんにゃ》みたいな顔のおっさんにさ、何時間も怒鳴られてると泣きたくなるよね」

「…………」

「任意同行された日さ、急に陰《かげ》から警察が出てきてびっくりしたでしょ」

「…………」

「会社にはなんて言ってるの？」

「…………」

「もう何日も休んじゃってるじゃん」

「…………」

「ねえ。オレ、日菜子ちゃんのこと知りたいだけなのに」

「…………有休、取ったから。土日挟んでるし」

「そっか。受付の仕事って何すんの？」

「…………」

「残業とかあるのかな」

「…………」

「もしかして相当ブラック？」

「…………………ブラックでは、ないよ」

「ふーん。コピー取りとかの雑用ってあったりする？　オレ、今たくさん手伝わされてるからさ。上手くサボれるコツがあったら教えてほしいんだけど」

「………………」

「喉渇いてない？」

「………………」

我聞は早くも不安を覚えた。雑談しかしていないのに、もう四分が経過している。あんどれは楽しげな表情のままだ。しかし質問のストックが尽きたのか、椅子の背にもたれて天井を見上げた。静寂ばかりの時が過ぎていく。瞬く間に五分が経った。

「……オレ、リアルゴールドで米が食えるんだよね」

「は？」

我聞は慌てて自分の口を覆った。

「すみません」

玉木日菜子にというより、隣で睨みつけてきた阪井係長に謝る。

「オレは甘いジュースと一緒に、あったかいごはんを食べても平気なタイプなの。この人には、いっつも嫌な顔されるけど」

「この人」と指をさされ、何が何だかわからないまま頷く。玉木日菜子と目が合った。壁掛け時計が、取調べ開始から七分三十秒経過を示す。

「ガモちゃんには理解できないみたいだけど、オレはチョコとポテチを交互に食べる的な感じで全然気にならないんだよね。ここに来たばっかの頃はベロがしょっぱいメシを受け付けなかったけど、今じゃ味の濃いもん好きだし。でも実は一個だけ、どうしても合わない飲み物があってさ」

あんどれは首をひねる。

「名前をド忘れしちゃったな。確か、白地に水色がドットになったパッケージでさ」

「……カルピスじゃない？」

「それそれ。なんでか知らないけど、米と一緒に食べるとめちゃくちゃ気持ち悪くなんの」

捜査とは無関係な会話に心が緩んだのか、玉木日菜子が肘から手を離し、無意識の防御姿勢を解いた。あんどれはまだカルピスについて話している。

「昨日見たＣＭで工藤彗星《くどうすいせい》が、牛乳割りでもおいしいって言ってたけどさ。そんなことしたら、余計にメシと合わなくなると思わない？」

「……ＣＭをやってるのは、長野美琴《ながのみこと》だと思うけど」

「そうだっけ？　後で調べてみるよ」

あんどれは時計を見上げた。頭の後ろで手を組み「手塚の奴、腹下してんのかな」と呟く。八分二十秒が経過したところだった。

「日菜子ちゃんさ。学生の時に体育会系の部活やサークルに入ってたでしょ」

「え……入ってないよ？」

「嘘だぁ。バレーとかバスケとか、バリバリやってたタイプに見えるよ？」

「ううん、中学からずっと茶道部だった。大学はパン同好会」

「パン同好会？　何するの？」

「作ったり、食べ歩いたり」

「パンを？」

「うん。でも途中から、美味《おい》しいカヌレを探す会になってた」

「いいなぁ……」

十分が経過した。ガタンと音を立てて、あんどれが椅子から立ち上がる。

「ほんとはまだ喋りたいけど、戻ってこない手塚がちょっと心配でさ。トイレットペーパーが切れててピンチかもしれないから、助けに行かなきゃ」

玉木日菜子がくすりと笑う。

「バイバイ」

あんどれは手を振って外へ出た。

「おい……、おい！」

我聞は慌てて後を追った。ドアの外で奴のTシャツの襟首を掴む。

「何考えてんだお前。ちゃんと聴取しろ！　協力してくれって言っただろ？　手塚刑事と阪井係長のやり取りを聞いてただろ？　真面目にやってくれ！」

「そのつもりだったけどさ。やっぱ無理だわ」

「無理って……」

我聞が放心していると、突然あんどれが噴き出した。襟首を掴まれたまま、にやりと笑みを浮かべる。

「嘘だよ、ごめんって。オレは真面目だよ」

「真面目？」

訳がわからなかった。

「あんな雑談をしておいてしらばっくれるな。やるべきことを忘れたのか？」

「落ち着いてよ。ちゃんと説明するから」

あんどれは我聞の手を振りほどいた。Tシャツの引っ張られていた部分に目をやり「シワになっちゃったじゃん」と呟く。

「あのね。地取り班が全員で聞き込みしても日菜子ちゃんを乗せたタクシーが見つからないってことは、おそらく彼女は電車で浦部に物資を届けてる。証拠品班がＩＣカードには記録ナシって言ってたけど、きっと足跡がつかないために切符を買ったんだ。じゃあ防犯カメラを確認すればいいって話だけど、池袋には合計で九路線が乗り入れしているから、とてもじゃないけど人手が足りないよね。そこでオレ的ポイント」

「お前的ポイント？」

「カルピスのＣＭって、基本的に夏しか放映してなかったはずなんだよね。だけど長野美琴がイメージモデルをやってるラッピング車両が、今ちょうど副都心線を走ってる。鈴木雅也と中村ユミに会った日に、オレたちも乗ったでしょ？」

「……覚えてないな」

「ガモちゃんは書類に夢中だったからね。とにかく、日菜子ちゃんは普段の通勤では副都心線を使ってない。ラッピング車両ってのは各駅停車で走るから、次の問題はそれに乗ったかどうかだ」

「はあ」

「ガモちゃん、理解できてる？」

あんどれは笑いながら眉をひそめた。

「いいから続けろ」

「はいはい。日菜子ちゃんは、踵《かかと》の高いパンプスを履《は》いて署に来てる。フォーマルなデザインだし、それなりに使い込まれているからきっと仕事でも同じ靴を履いてるんだ。浦部に物資を届けに行った日、仕事帰りなら受付業務で立ちっぱなしだった彼女の脚はパンパン。急行に乗った方が早く着くとしても、体育会系じゃない日菜子ちゃんにはこれ以上立ち続ける体力がないから、直近でホームに来た各駅に乗るはずだよ。それと浦部に助けを求められたら、残業なんかせずに定時で切り上げるか早退するはずじゃない？　何日も口を割らないってことは、相当惚《ほ》れてるらしいからさ」

「……つまり……事件発生から任意同行までの期間で、ラッピング車両が走っていた時間帯の防犯カメラを当たれば」

「日菜子ちゃんが映ってるはず。彼女が降車した駅の周辺から、浦部が過去に訪れた地域を当たればいいよ。それなりに知ってる土地じゃなきゃ、何日も身を隠すことは難しいもん。以上です！」

あんどれは指揮者が曲をシメる時の真似をした。肩をぐるぐると回し、講堂とは反対の方向へ歩き始める。

「どこ行くんだ」

「宿舎。眠って頭を休めるの」

「何言ってるんだ、講堂に戻るぞ。やることは山ほどある」

奴はむずかっていたが、我聞はその腕を掴んで講堂へ向かう。

浦部を探す手がかりを見つけられた。他でもないこいつのおかげだ。じわじわと手ごたえが湧いた。俺の相棒が手柄を立てたぞと、大声で言って回りたいほどだった。

しかし同時に、自分の中でくすぶる劣等感に気づいた。

警察官の素質があるから、あんどれは何万人といる服役囚の中から選ばれた。奴を監視することは、我聞にとって己の才能のなさを直視することでもあった。あんどれが捜査に関して意見を述べれば、たとえ理解が追いついていなかったとしても、自分もすべてわかったような顔をして議論を交わさねばならなかった。そのたびに、俺には刑事の素質がないのではないかと、思いたくなくても思わされてしまった。

刑事の才能はあるが正義感が欠けた服役囚。

正義感はあるが刑事の才能が欠けた警察官。

互いに足りないものを、上手く補い合うことができればいいが——。

「ねえガモちゃん」

講堂に戻り、机に片頰を当てたあんどれに訊かれた。

「手塚は何をあんなに手こずってたわけ？　日菜子ちゃん、オレが思ってた千倍くらいあっさり話してくれたんだけど」

「それは……」

お前に才能があるからだろうと、言おうとしたが言えなかった。自分が優れた捜査員であることを、お前はずっと知らないままでいてくれ。そんなことは、もっと言えるはずがなかった。


あんどれの推理をもとに、その日から三十人態勢で駅の防犯カメラ映像の精査が行われた。取調室では依然として手塚刑事による取調べが続いていたが、再び口を閉ざした玉木日菜子は、もう一言も喋らぬと心に決めているようだった。

「ラッキーだったな」

夕方の会議の後、パソコンの画面と向き合いながら我聞は言った。日はすっかり沈み、蛍光灯の人工的な明かりが部屋を照らしている。

「ラッキーって何が？」

あんどれは伸びをして聞き返した。

「カマをかけたのが、副都心線でよかったってことだ。もし玉木が乗ったのが他の路線だったら、お前は早々に打つ手を失っていた」

「そんなことないよ。日菜子ちゃんが着てたカーディガンのブランドを話題にして、テナントが入ってる駅から予想してもよかったし。なんならガモちゃんとパワハラ姐さんを入れた四人でババ抜きでもしながら、オレがいろんな駅の話をしてボディランゲージを読むのでもよかった」

「そんなでたらめなやり方で割り出せるわけないだろ」

「割と簡単だよ。人間って他の作業をしながらだと、心理状態が丸見えになるからさ」

奴は首を回し、骨を軽く鳴らした。

「例えばガモちゃんはさっきまで腕を組んでたけど、今は身を乗り出してるよね。口ではでたらめだって言ったけど、オレの話に興味を持った証拠だ。それから初めて会った日に比べて、おでこのシワが若干深くなったね。オレの世話にずいぶん苦労しているみたいだ」

我聞は額に手を当てた。あんどれが忍び笑いを漏《も》らす。

「今は眉間が一瞬広くなって、また狭くなった。びっくりして、考察してるんだね」

「も……もういい。捜査の役には立ったが、普段はいちいち読むなよ」

「読んでないよ。オレだってそんな細かいとこまでわかんないもん。今のはあてずっぽうだったけど、こう言ったら次からガモちゃんは表情を変えないよう注意して話すようになる。そしたら、今度は逆に体の動きがわかりやすくなるんだ。イライラして椅子に座り直したりとかさ」

我聞は浮かしかけていた腰を下ろした。これでは、完全に奴の手のひらの上だ。

「とにかくさ。人間はどんなに頑張っても、どこかしらで情報を相手に与えちゃってるもんなんだ。日菜子ちゃんは特にそれがわかりやすかったし、オレの質問にも簡単に引っかかってくれた」

「引っかかる？　どういうことだ」

「わざと否定させたってこと。ＣＭは工藤彗星だったよねとか、運動部に入ってたでしょとか。明らかに的外れなことを言われたら、気持ち悪くて訂正したくなるでしょ？　ガモちゃんは鈍いからわかんないか」

「それくらいわかる」

「ほら。訂正した」

「からかいやがって……」

悔しくなって我聞は天井を仰いだ。あんどれはますますおかしそうに笑い、「ガモちゃんはクールぶってるけど、案外わかりやすいよ」と指摘してくる。

「そんなご立派な能力があるなら、玉木の口から直接駅名を吐かせればよかっただろ」

「それはダメ。オレが捜査に多大な貢献をすることになっちゃう」

奴は片手でボールペンをもてあそびながら言った。

「貢献したら期待される。期待されたら、今度は責任を負う必要が出てくる。勘弁してほしいよね」

「期待されるのはいいことだ」

「ポリ公にとってはね。でもオレは違う。似顔絵の時にちょっとやりすぎたと思ったんだ。だから今回は、ちっちゃいヒントだけになるよう調節した。現にみんな防カメの確認に追われて、オレが会議中にうるさくしたことなんか忘れてるでしょ？　オレにとっては、この気楽な状態を維持することが何よりも重要ってわけ」

「褒められなくてもいいのか？」

「それとこれとは別。頑張ったら見返りが欲しいよ。そのためにガモちゃんがいるんでしょ？」

奴はデスクチェアから体を起こした。キャスターを使い、さあ褒めろ、と言わんばかりに距離を詰めてくる。

「ご苦労………あんどれ」

「それだけぇ？」

釣り合わねーっと叫んで、奴は再び背もたれに体を預けた。勢い余って、椅子ごと後ろにひっくり返っている。

「助けて！」

我聞は無視した。人の心を読んで遊んだ報いだ。

○

浦部道雄の居場所が判明したのは、それから二日後の正午過ぎだった。渋谷駅から徒歩三分の場所に位置するビジネスホテル。無数の宿泊施設の中からそこを探し当てられたのは、ひとえに捜査員らの執念の賜物《たまもの》だった。

確保された浦部に、もはや抵抗する気はないようだった。小鳥遊大河殺人容疑で逮捕状が執行されたのは、彼が犯行の全貌《ぜんぼう》を自供した後のことだ。後日、捜査本部全体に配布された調書で我聞もその動機を知った。

インフラ施設の設計を学生時代から目指していた浦部は、都内のハウスメーカーに就職してからもその夢を諦めずにいたという。やがて大学の同窓会で小鳥遊と知り合い、個人的に作成した公園や駅の設計図にアドバイスをもらうようになったとのことだった。

事件の発端は今から一年前、小鳥遊建設が建築界の権威ある賞を獲得したことである。受賞したのは「都心に緑を」というキャッチコピーをもとに建設された公園で、社長である小鳥遊自ら設計グループの指揮を執っていた。

テレビでニュースを見た浦部は、その公園が以前小鳥遊に見せた自分の設計図と酷似していることに気づいた。電話で問い詰めても、小鳥遊は「君のアイデアを参考にしただけ」と盗作を認めない。裁判に持ち込むと脅すと「一千万で示談にしてくれ」と食い下がってきた。浦部はそれを受け入れたが、時間が経つにつれ納得できなくなった。そして今年十月、新たな設計図を見せたいと言って約束を取りつけ、豊島区のホテルロワイヤル三〇二七号室にて小鳥遊を殺害した。

浦部の父親は動物病院を経営していた。浦部自身も中学生の頃まで獣医を志《こころざ》しており、毒物に関しては多少の知識があった。浦部動物病院の薬物保管庫に侵入し、注射器と硝酸ストリキニーネのボトルを盗み出すことは容易だったという。

浦部道雄の確保に伴《ともな》い、参考人の玉木日菜子も捜査本部の手に落ちた。

「なぜ浦部のことを隠していたんだ」

手塚刑事の問いに、玉木は涙を流しながら答えた。

「道雄さんのことが好きだからです。彼が小鳥遊建設の社長に気に入られて、援交まがいのことをしているのは知っていました。電話やメールでもしょっちゅう親密なやり取りをして、でも私には、ただの友人だって嘘をついていたんです。最近は私と一緒にいる時でも小鳥遊社長の悪口を言うことが増えたから、誰にもバレないよう物資を届けてくれって言われた時、私、道雄さんがよくないことをしたんだってすぐに気づきました。でもそんなことは関係ないんです。道雄さんは人を殺してしまったけれど、私には常に優しかった。たとえ利用されていたとしても、彼がくれた幸せな思い出に変わりはありません」

そう言って嗚咽《おえつ》していた玉木は、しばらくして「そういえば」と顔を上げた。

「道雄さん、私と顔を合わせた時に妙なことを言ってました。あいつは口止めをしに来なかったかって」

「あいつ？」

「ホテルで知り合った人だそうです。名前は教えてもらったはずだけど忘れちゃって……がたいが良くて、関西の訛りがある男だって言ってました。でも私、そんな人には会っていません。だから知らないって答えました」

捜査線上に、船橋凪人の名前が再び浮かび上がった。

捜査員らはすぐさま京都府警に連絡を取り、船橋の住居の確認を行った。結果はもぬけの殻《から》。勤め先の会社にも姿はなかった。浦部を捕まえた途端に、今度は船橋の居所がわからなくなってしまった。

「どこ行きやがったんだよ……」

捜査会議の後、資料の整理をしながら我聞は長机の上で頭を抱えた。傾き始めた太陽が、ブラインドの隙間から講堂に差し込んでいる。

頬に光が当たるのも構わず、あんどれは珍しく静かに取調調書を読んでいた。そして何を思ったのか、突然、すべてのページを宙に放り投げる。ばさばさと紙が舞い落ちた。

「何してんだ、拾え」

奴は聞く耳を持たない。仕方なく我聞は立ち上がり、かがんで調書を回収した。デスクに打ちつけて端を揃え、ページを順番に並べ直す。

「ねえガモちゃん」

「なんだ」

「好きな人が犯罪者になっても大事にし続けられるのって、普通のことなのかな」

忘れたのか、お前も犯罪者だろう。我聞は出かかった言葉を呑み込んだ。

「オレには、よくわかんないよ」

あんどれは下を向いて呟く。目のあたりに影が落ちていた。

「ねえガモちゃん」

「なんだ」

「そんなことに時間使ってていいわけ？」

「お前がぶちまけた資料だろうが……」

「そうだけどさあ。船橋の奴、そろそろボロが出る頃だと思うんだけど」

「は？　どういう……」

聞き返そうとした瞬間、無線の音が鳴り響いた。

『至急至急！　警視庁本部から各局、京都府警より通達。伏見警察署管内で自動車事故が発生、男が車で逃走。先月二十日に池袋署管内で発生した殺人事件の共犯者と同一人物の模様。各移動、各警戒員は急ぎ捜索に向かわれたい』

「おい、これ」

「そうだ京都、行こう！」

椅子のキャスターで踊るように回転して立ち上がり、あんどれが公用車のキーを放ってよこした。

高速道路に突入する。阪井係長と張り合えそうなほどの超スピードで車を飛ばしながら、我聞は助手席に向かって尋ねた。

「お前、まさか前から船橋が共犯だと気づいてたんじゃないだろうな！」

「気づいてたよ。当たり前じゃん」

あんどれはキャンディーを舐めながら答える。

「だったらどうして今まで黙っていたんだ！」

「根拠のない勘だったんだもん。逮捕時の浦部はロレックスを持ってなかったし、船橋はヤバいことに首突っ込みたがりの性格っぽいし。二人は廊下で話したんじゃないかと思ったの。でも憶測でしかないから黙ってた。ガモちゃん、そういうの嫌いじゃん」

「変なところで遠慮しやがって……」

我聞は溜め息をつき、アクセルをさらに踏み込む。

「ならその勘を働かせて教えてくれ。船橋はいったいどこへ逃げた？」

「一緒に考えようよ。元盗犯係の上司の下で働いてんだから、ちょっと考えればガモちゃんにだってわかるはずだよ？」

「ゲームをしてる場合じゃないんだぞ」

「ノリ悪いこと言わずにさ。オレが質問するから答えてね」

あんどれは楽しげに声を弾ませる。

「船橋は頑張って標準語を話そうとしてたけど、実際かなり京都弁が混じっちゃってた。根っから西側の人間なんだ。ここで第一問、奴が十年前に逮捕されたのは？」

「築地署」

「そう。つまり当時は築地に住んでたか、築地署が担当の事件に関わってたかのどっちかだ。聞き込みに行った日、船橋はオレらのことを面白がってた。警察にビビるタマじゃないんだ。なら釈放後、わざわざ地元に戻ったとは考えにくい。あいつはずっと京都に住んでるんだ。はい、ここで第二問」

あんどれは口から出した棒付きキャンディーを魔法の杖のように振った。

「十年前、船橋が保管してた盗品はどこで誰がくすねたものでしょうか？」

「この場でわかるわけないだろ」

「いいから考えて」

運転中でも普段と同じレベルの会話ができるのは、我聞の数少ない特技の一つだ。しかし今回は、答えるまでに数分を要した。

「……阪井係長が、この間まで築地署にいたな」

「あ、そうなんだ？　そんで？」

「そんで……築地署管内には、外国人窃盗団が多いと言っていた。船橋が保管していたのは、その高級ブランド品か？」

「多分ね。船橋は関東から関西へ、そして日本から海外へ盗品を流すルートを知ってるんだよ。けどオレ、一個わかんないことがあってさ。どうして盗品を海外に輸出するために、わざわざ関東から関西に一旦《いったん》移動させるのかな？」

「警察の手を逃れるためだろ」

我聞は前の車を追い越しながら答えた。

「関東から関西へ盗品が流れれば、警視庁だけじゃなく他の県警も関わる問題になる。日本から海外へ盗品が輸出されれば、他国の警察も他人事《ひとごと》じゃなくなる。だがそこまで大掛かりな捜査が必要になると、多少の被害額じゃ警察は動かないんだ。日本で盗まれた車が、アフリカで見つかったりすることがあるだろう。ああいうのは、国内で捜査が打ち切られてるんだ。船橋が所属していた売買グループも、おそらく海外では捜査の対象になっていない」

「なるほどね……。今の話を聞いて、オレもようやく自分の仮説に自信が持てたよ」

キャンディーはすでに跡形もなくなっているが、あんどれはプラスチックの棒を舐め続けている。

「ってことでさ、今回は船橋自身がそのルートを使ってロレックスごと海外に逃げようって算段だ。行先はもうわかったでしょ？」

「ああ。中部国際空港に目的地を変更だ」

道路脇のガードパネルが途切れると、暮れかかった夕日が燃え盛る炎のように車内を照らした。無線機から阪井係長の声が聞こえる。

『小野寺。たった今、船橋凪人が他人名義で午後六時セントレア発オークランド国際空港行きのチケットを予約したことが判明した。今こっちで空港と近隣署に連絡を取ってるけど、国外に高跳びされたらまずい。早急に見つけて任意同行して』

「オッケー了解、パワハラ姐さん！」

「やべっ」

我聞は慌ててこちら側の通信を切ったが、不名誉なあだ名は確実に本人に伝わったと考えてよさそうだった。

「ドンマイ。お土産に船橋を持って帰れば怒られないと思うよ」

「お前のせいだろ」

現在の時刻は午後五時過ぎ。

何としてでも、船橋を捕まえなければならない。

セントレアこと中部国際空港は、伊勢湾《いせわん》に浮かぶ巨大な人工島である。

空港に直結した駐車場に車を停め、あんどれと我聞は国際線ターミナルへ急いだ。オークランド国際空港行きはもちろん、それ以外の搭乗ゲートもすべて見て回ったが、対象者は確認できない。

「地取り班より捜査本部、小野寺と一八三、中部国際空港にて周囲を入念に検索するも対象者の発見には至らず。至急応援願いたい、どうぞ」

『趣旨了解。引き続き随時《ずいじ》報告願いたい』

船橋本人が捜索に気づいている可能性を踏まえ、二人は〈りんくうエリア〉と呼ばれている空港周辺にまで捜索の範囲を広げることにした。

「視界が開けて隠れられる場所がないから、スカイデッキは除外。通路が一本しかないから、ちょうちん横丁も除外……」

フロアマップを見ながら、次に向かうべき方向を考える。じわりと手に汗がにじんだ。

こんな時こそ冷静になるべきだが、焦れば焦るほど頭が使い物にならなくなっていく。

船橋はどこへ逃げた？　罪を犯した人間は、こういう時に何を考えて行動するんだ？

「オレだったら、早いとこ空港から出て県外に逃げるけど」

あんどれがマップ上の出入り口を指でなぞりながら言った。犯罪者のことは犯罪者に訊け。阪井係長の言葉が脳裏に蘇った。

「さっきの盗品の話を聞いた感じだと、その方が安全っぽいし」

「空港から出るのは不可能だ。出入り口にはすでに愛知県警の職員が張っている。船橋は必ず人工島のどこかにいる」

「ふーん。じゃあここじゃね？」

奴が示したのは、〈フライト・オブ・ドリームズ〉というエリアだった。

「一番死角が多いし、人が多いから見つかってもなんとかなりそうだからさ」

そこは現在地から徒歩十分の距離にあり、イチかバチかの選択だったが、我聞は奴の直感に従うことにした。あんどれは自分勝手で世話の焼ける男だが、ふとした瞬間に誰よりも優れた能力を発揮する。そのことを確信するにはもう充分だった。

〈フライト・オブ・ドリームズ〉は吹き抜けの天井が特徴的な室内広場で、中央にはボーイング七八七型初号機が展示されていた。機体を取り囲むように設置されたテラスから、広場全体を見渡すことができる。巨大な機体の翼で死角になっている部分も多かった。

コックピットを見学する順番を待っているのか、搭乗口から長蛇《ちょうだ》の列が伸びている。広場の一角にはキッズエリアがあり、大勢の保護者が子どもをおもちゃで遊ばせている。

「うわっ、すげえ人。まあでも、単独行動してる男を探せば案外簡単に見つかると思うよ？」

「展示用の機内は後回しでいいよな」

「当たり前。逃げ道のないところに隠れるバカはいないよ」

二人はテラスから身を乗り出し、眼下の広場に船橋の姿を探した。

「あっ」

あんどれが我聞の肩を小突く。

「ガモちゃん、あれ――――」

視線の先に、スーツ姿の男が立っていた。

「船橋っ」

我聞は叫んだ。

次の瞬間、軽快な音楽とともに広場の照明が消えた。

「えっ、何？　何これ？」

暗闇《くらやみ》の中から、あんどれのおびえた声が聞こえる。アナウンスが響き渡った。

『皆様、大変お待たせいたしました。当エリアの人気コンテンツ、プロジェクションマッピングのショーを開始いたします。飛行機と映像が合わさった、非日常な世界をどうぞお楽しみください』

大音量の音楽と共に、色とりどりの映像が流れ始めた。

「最悪だ……」

自分の腕や脚に映った紫色の花びらを見下ろし、我聞は呆然と呟いた。今やエリアは赤や黄などの鮮やかな花々で染め上げられ、人々の顔はおろか、服装を見極めることさえできない。直前に見つけた船橋凪人らしき男の姿も、もはや確認することは不可能だった。

「ガモちゃん」

あんどれが囁いた。さっきまで左側にいたはずだが、いつの間にか右側に回り込んでいる。

「オレが今触ってる柱、緊急ボタンみたいなのがついてるんだけど」

「何の緊急ボタンだ？」

「暗くて文字が読めない。でも、いい？」

何が「いい？」なのかは訊かなくてもわかった。この状況ですべきことは一つだけだ。船橋凪人の確保。そのためなら、どんな手だって使ってやる。

「いいぞ」

我聞が言い終わるか終わらないかのうちに、あんどれが歓声を上げた。

「やったぜ！　こういうの、一回押してみたかったんだよね！」

そして一瞬の間のち、けたたましいサイレンが響き渡る。

『ただ今、一階の広場で火災が発生しています。皆様速やかに避難をお願いします』

どうやら奴が押したのは火災報知器だったようだ。ショーの係員の耳にもサイレンが届いたのか、天井の照明が一斉に灯《とも》った。子どもが泣き喚《わめ》き、大人たちがざわめく。蜘蛛《くも》の子を散らすように、階下から人がいなくなっていく。

おかげで対象者を探すのは容易だった。真っ先に広場から出て行こうとしたスーツ姿の男を見つけたのは、我聞が先か、それともあんどれが先か。

我聞の視界の横を、ひらりと軽やかに影が舞った。階段を下る時間を惜しんで、あんどれがテラスから飛び下りた。

「ガモちゃんはオレの反対から回り込んで！」

了解、と答える声は足元に落ちて消えた。気づいた時には柵から飛び出し、体が宙に浮いていた。

足元から伝わってきた衝撃を堪え、着地した我聞はスーツ姿の男の前に回り込む。危機的状況を楽しんでいる強気の表情。船橋凪人に違いなかった。

「逃げても無駄だ」

我聞が言うと船橋はおもむろにあたりを見渡し、搭乗口脇にあったパーテーションポールを摑んだ。

声を発する間もなかった。鈍色《にび》に光る金属のポールが、頭に向かって鋭く振り下ろされた。

コンマ一秒でも反応が遅れたら死んでいた。尻もちをついた我聞は、帯革から取り出した小型警棒でポールを受け止めた。

腕が震える。重力と圧力で握力が弱くなる。逃がすものか。ここで押し負けてなるものか。渾身《こんしん》の力で立ち上がり、警棒でポールを叩き落そうと試みた。しかし一瞬でも隙を見せれば、重々しい素振りが容赦《ようしゃ》なく襲いかかってくる。

スイング。勢いで空気がうなる。

フルスイング。汗が目に染みる。

唐突に向きを変更したポールが、我聞の膝を直撃した。思わず床に倒れると、今度はあばらに痛みが走る。

呻《うめ》きながら瞼を開くと、顔面に狙いを定められていた。

「逃げても無駄、なんて。かっこつけても刑事さんこそ駄目駄目やんか」

船橋の声が降ってくる。我ながら情けなかった。警察学校での術科訓練など、何の意味もありはしない。剣道の腕を磨いても、こうも武器に大差があれば太刀《たち》打ちできない。

船橋がポールを振りかぶる。反射で目を瞑る間際、空から何かが降ってくるのが見えた。

「うっ」

その「何か」の下敷きになって、船橋はうつ伏せにひっくり返った。

「暴れんじゃねえっ」

あんどれの声が聞こえた。どこから現れたのか、船橋の背に馬乗りになっている。

「お前……どこから降ってきた」

我聞は呆然として尋ねた。

「ボーイングの翼の上。テラスから跳び移れたの。それより何ボーッとしてんの？　早く手錠かけてよ」

「ああ……悪い」

よろめきながら立ち上がった。帯革から手錠を取り出し、後ろ手にかける。腕時計で時刻を読み上げた。

「船橋凪人、午後六時十二分、公務執行妨害で現行犯逮捕だ」

あんどれは船橋の髪を掴み、その顔面を殴り続けている。

「やめろ」我聞が二人の体を引き離すと、船橋は口から泡を吹いて気絶していた。鼻が曲がり、目元は腫《は》れ上がっている。

「おいおいおいバカバカバカ」

慌ててひざまずき、船橋の体をゆすった。意識は戻らない。

「大丈夫。死んでないって」

あんどれが呆《あき》れたように言った。手に返り血がついていた。

「心配しなくても、ロレックスならクラッチバッグの中に入ってたから無事だよ」

「どうしてこんな状態になるまで殴ったんだ」

「え？　だって、こいつ犯罪者じゃん」

「それが理由か？」

一番恐ろしいのは船橋でも浦部でもなく、今、俺の目の前にいるこいつだ。あんどれは自分の異常さに気づいていないのだろうか？

病院に搬送《はんそう》されたのち、船橋は常滑《とこなめ》署での勾留《こうりゅう》が決まった。我聞も診察を受けたが幸い膝にも肋骨《ろっこつ》にもヒビは入っておらず、捜査本部の指示で翌日未明に東京へ戻ることとなった。

「打撲で済んでよかったね」

閑散《かんさん》とした道路を走る車内で、あんどれが呟いた。

「ガモちゃんが二回目に尻もちついた時さ。オレ詰んだと思ったよ。飛行機の上だったから助けにも行けなかったし」

「俺がやられた方が、お前は監視から自由になれてよかったんじゃないか」

「そんなことないよ。オレ、ガモちゃんと一緒にいるの結構好きだもん」

あんどれは真面目な顔で言う。我聞は黙ってこめかみを掻《か》いた。

「相手が犯罪者なら殴ってもいい」という異常な考え方は、奴の過去と関係しているに違いない。記憶そのものが失われたとしても、脳に刻みつけられた経験は思考に影響を及ぼす。船橋を無心で殴り続けたあんどれもまた「犯罪者だから」という理由で、誰かに痛めつけられたことがあるのかもしれなかった。

「ガモちゃんが望むなら、オレはこの先も事件が起こるたびに捜査に協力してやるよ」

「……そうか」

どうやら俺は、とんでもなく面倒な奴を手なずけてしまったらしい。

目を射るような朝日の中で、あんどれの影がオオカミのように長く伸びた。池袋署の管内は、もうすぐそこだ。

第三章

捜査本部が解散され、ようやく日々に少しずつゆとりが戻り始めた。証拠品の送致や還付などの業務は山ほど残っているが、イレギュラーな勤務体制からは、ひとまず解放されたといっていい。

我聞《がもん》が刑事課のオフィスでデスクワークに勤しんでいる間、あんどれは署の留置所で日々を過ごしていた。捜査員の肩書きがなくなった奴は、今となってはただの服役囚《ふくえきしゅう》だ。しかし捜査本部の関係者として供述調書等の確認に立ち会わねばならず、様々な面において他の収容者よりも優遇されていると言えた。

ある日の午後八時、我聞が留置所を訪れると奴は目を輝かせた。

「どうしたの？　お迎えにしてはえらく早いじゃん」

主人を前にした犬のように、そう言って顔をほころばせる。

「外でメシでも食わせてやろうと思ってな」

我聞は視線を合わせずに言い、留置係を相手に収容者の引き取り手続きを済ませた。

署の外に出ると、あんどれは鼻唄を歌い始めた。

「ご機嫌だな」

「そりゃあね。だってオレ、今ブタ箱の王様なんだよ。他の奴と違って汚い留置服を着なくてもいいし、夜は宿舎に帰ってテレビ観れるし、今日はガモちゃんと外でメシ食えるし。

サイコーじゃん。ずっとこの生活がいいね」

「あのなあ」

不謹慎なことを言うなと、我聞はいつも通りにたしなめようとした。しかし直前で思いとどまり、代わりに今日の本題を切り出そうと決める。こういうことは、先延ばしにすればするほど話しづらくなるからだ。

「残念だが、この生活は今日でおしまいだ」

一息に言うと、あんどれの瞳が揺れた。

「明日、お前を刑務所へ帰すことになった。だから今日はその送別会だ」

その時に奴が浮かべた表情を、俺はこの先、幾度となく思い出すのだろうと我聞は思った。夢の終わりを告げられた、幼い子どもみたいな表情。以前はこんな顔しなかったなと、記憶を確かめて気づいた。出会った頃の猜疑《さいぎ》心の強さはもうどこにもない。縋《すが》りつくような甘えがにじんだ表情だった。

「オレ、なんかダメなことしたかな？」

「そんなことはない。今回の事件に関しては、お前はよくやった。だが船橋《ふなばし》のことは殴り過ぎだな……俺が始末書を書かされた」

「もう外に出してもらえなくなる？」

「わからない。服役囚捜査加担措置の試験導入がいつまでかは、俺だって知らないんだ」

あんどれはうつむいて唇を噛《か》んだ。仕事帰りの通行人が、横目でこちらの様子を窺《うかが》ってはすたすたと歩き去っていく。

「顔を上げろ。湿っぽくされちゃかなわん」

我聞は努めて普段通りの口調で言った。

「今日はお前の好きなところに連れていってやるから」

あんどれは返事をせず、我聞に背を向けて歩き始めた。

大通りには漫画喫茶やファミリーレストランがひしめき、歩道の脇を車が絶え間なく通り過ぎた。空気は冷たいが、息が白くなるほどではない。行き交う人々の間を、あんどれはポケットに手を突っ込んで進んでいた。あちこちの看板の光で、シルエットの色が目まぐるしく変わる。奴の姿を見失わないよう速足で後を追う我聞は、いつの間にか、自分たちが薄暗い路地に入り込んでいることにも気づかなかった。

「……ここに入る」

一軒のラーメン屋の前で、あんどれは立ち止まった。店名が書かれたテントは黒ずみ、野ざらしの傘立てはすっかり錆《さ》びて、営業しているかどうかすら怪しい。しかし奴は引き戸を開けて中へ入っていった。これくらいのわがままは想定済みだ。仕方ない、と肩で息をついて我聞も後に続いた。

「二人？」

頭にタオルを巻いた年配の店主が、厨房《ちゅうぼう》の奥から顔を出した。

「はい。今からいいですか？」

我聞が尋《たず》ねると「どこでも、好きなところに」と店主はぞんざいに頷《うなず》く。他に客の姿はなかった。

四人掛けの席を選び、対角線上の二席にそれぞれ腰を下ろす。テーブルにかかった透明なビニールカバーに指を滑らせると、うっすら埃《ほこり》がついた。ラミネート加工されたメニューは、劣化と日焼けのせいか文字がほとんど消えていた。

「平安時代の絵巻物の方が簡単に読めそうだね」

あんどれが頬杖《ほおづえ》をついて言う。

「何にしますか」

水を運んできた店主に尋ねられた。

「えー、豚骨《とんこつ》と醤油《しょうゆ》と……お前、餃子《ぎょうざ》いるか？」

「一個ちょうだい」

「じゃあ一人前。あとは……リアルゴールドとウーロン茶を一杯ずつお願いします」

目を細めてメニューの文字を解読しながら、我聞は注文を済ませる。

厨房へ戻る間際、店主がエプロンのポケットからリモコンを取り出した。頭上のテレビにバラエティ番組が映し出される。

「今日の仕事終わりなんでしょ？　お酒飲めばいいのに」

あんどれがぼそりと呟《つぶや》いた。

「お前の監視も仕事の内なんだぞ。飲めるわけないだろ」

「そっか。じゃあ明日から解禁だね」

奴は何度か鼻先をこすった後、テレビに目を向けた。そしてそのまま、しばらく黙って画面をただ眺めている。番組に集中しているというより、自分が今ここにいることの方に意識を向けている感じがした。その証拠に、奴はひな壇に座る芸能人たちが一斉に笑い始めても、口の端を上げることさえしなかった。

「なあ」

「んー?」

「捜査で振り回されても、酒が飲めなくても、俺はお前のことを邪魔だなんて思っちゃいないぞ」

「ふーん……」

「聞いてるか?」

「ちゃんと聞こえてるよ」

やがてラーメンが運ばれてくる。湯気に顔を撫《な》でられて奴は頬を緩めた。「うまそう」と、いくらか活気が戻った声で言う。

普段は超が付くほどの早食いなのに、今日のあんどれはやけにゆっくりと箸《はし》を動かした。麺《めん》を口に運ぶ途中で手を止め、グラスの中のリアルゴールドから炭酸の泡が立ち上るのをじっと眺めたり、もう片方の手で結露をなぞったりしている。

「……ゾンビにさ」

「ゾンビ?」

「ガモちゃんはさ、仲間と一緒にいて、自分だけゾンビに噛まれたら申告するタイプだよね」

「は……?　あ、映画の話か」

あんどれは、一昨日宿舎のテレビで見たゾンビ映画のことを言っているらしい。どんぶりの底に沈んだメンマを箸で救出しながら「そう、それ」と頷く。

「オレはね、殺されたくないから絶対に申告しないよ。それが悪いことだとは思わないし、申告する奴が偉いとも思わない。だけどさ、そうやって自分の損得を抜きにして、大多数の人にとっての善《よ》い選択をするのがガモちゃんの言う正義感なのかなって、ちょっと思った。ほんとにちょっとだけね」

「……そうか」

よくわからないたとえだな、と思いつつ我聞は相槌《あいづち》を打った。しかし奴の言わんとしていることは理解できた気がした。

共に食事をすれば相手の育ちがわかるとはよく言ったものだ。くっついた五個の餃子のうち、よく焦げたものを食べようとしてか、あんどれはいきなり真ん中に箸を伸ばした。その他にも至るところで、我聞はこの男の過去を垣間見た気がした。

「左手……じゃない、お前は右か。器《うつわ》に添えろ」

「はいはい」

「犬食いするな」

「しょうがないの」

「グラスを持つ時は箸を置け」

「誰にも迷惑かけてないんだからいいじゃん」

「物理的には、な。矯正《きょうせい》しておいて損はないぞ」

「うっさ……。最初から細かかったけど、ガモちゃんマジで小言が増えたよね」

「お前が妙な真似ばかりするからだろ」

我聞はグラスを傾け、ウーロン茶を一口飲んだ。

「なあ。お前、船橋の供述調書を見たか？」

「うん。大体ね」あんどれは頷く。

「そんなに奇天烈《きてれつ》な内容でもなかったね？　オレの予想通りって感じかな」

「驕《おご》りやがって」思わず苦笑してしまう。

「でもさあ、標準語で書かれてたから、なんか変な感じがしなかった？　実際はこんな感じだったのかな」

落語家が噺《はなし》を披露する時のように、あんどれの表情がくるりと変わった。奴は京都弁で船橋の喋《しゃべ》り方を真似し始めた。

「『夜中に喉《のど》が渇いて、飲み物を買いに行こうと思ったのは本当です。でも隣の部屋で物音がしたから、なんや面白そうな予感がしてしばらく廊下でじっとしてて』」

「似てるな」

「でしょ。『そしたら男が出てきたから、僕、びっくりして訊《き》いたんです。あんた何してたん？　って。そしたらそいつ、えらい動揺するから。ははあ、これはなんかあるわと思って、ホテルのスタッフにバラすぞって脅して、部屋の中を見せてもろたんです。そしたらおっさんが風呂ん中で死んでて。よく見たら、脱ぎ捨てた服の中にバカ高いロレックスがあるやんか。そんで男——浦部《うらべ》に、これくれたら黙っといたるわって言ったんです。浦部はおびえてたけど、迷わず快諾しましたよ。もちろん、僕には約束を守るつもりなんかなくて、会社か家に警察が来はったら、すぐ浦部を売ろうと思ってましたけど……』」

「物真似名人になれるぞ、お前」

「そう？」あんどれは嬉《うれ》しげに頬を上気させる。

我聞は器に視線を落とした。脂《あぶら》の浮いたスープに、歪んだ自分の顔が映っている。以前言われた通り、少し額の皺《しわ》が深くなったかもしれない。

「……お前が羨《うらや》ましいよ」

「え？　物真似名人なことが？」

「違う。似顔絵や取調べのことだよ。お前には能力が備わっていて、めちゃくちゃなやり方だったけど、今回はそれが捜査の役に立っただろ」

「ガモちゃんは優しいからいいじゃん」

「それじゃ駄目なんだよ」

いつになくむきになってしまった。酒も飲んでいないのに変な感じだ。

「優しいだけじゃ何の役にも立たない。今回の事件だって、俺は始め、死因が何かの判断もつかなかった……」

「マジで？」

　あんどれは目を見開いた。なんでそんなこともわかんないの？　という、純粋な疑問が瞳に浮かんでいる。笑えよ、と我聞は思った。バカだなあと笑い飛ばしてくれた方が、こちらとしては気が楽だった。

「あのねえガモちゃん」

　グラスの氷を口に含んでゴリゴリと噛み砕きながら、奴は言った。

「判断できなかったって簡単に言うけどさ。よく考えれば、わからないことなんて何一つないんだよ」

　テーブルに身を乗り出し、得意げな顔で説明を始める。

「似顔絵も取調べも物真似も、根っこはみんな同じじゃん。よく見て、よく聞くだけ。ゲットした情報を、絵なら絵、喋り方なら喋り方で、それぞれの形に変えるだけだよ。この前の事件もそう。現場のホテルの部屋に何があったか覚えてる？」

「黒いボストンバッグ」

「それはそう。でもオレが思い出してほしいのはそれじゃなくてさ。ベッドの上に、パンツ置いてなかった？」

我聞は記憶を辿《たど》ってみる。

「あったな」

「それ、どんな状態だったか覚えてる?」

「いや……」

「畳まれてたんだよ。つまりは洗濯済みだったんだ。わかる? 発見された時、被害者は風呂に浸かってた。上がった後でそれをはくつもりだったんだ。てことはまず、入浴中に自殺する予定はなかったって判断できるじゃん。小鳥遊《たかなし》のおっさんが、風呂入る前に脱ぎたての下着を畳むようなキモい人間じゃなければの話だけどね?」

「そんな、バカみたいな考え方で……」

「バカみたいな考え方でいいんだよガモちゃん。たかがパンツだからって、情報を切り捨てちゃいけない。例えばガモちゃんがスープを全部飲まなかったラーメンの器も、オレが氷を食べ尽くしたジュースのグラスも、オレら二人がどんな人間か表してるわけ。……って、そう考えたら食事のマナーって大事だね?」

〝他殺の条件が揃《そろ》っている〟と、現場で阪井《さかい》係長が言っていたことを思い出した。彼女もまた、あの時、我聞が見落とした何かしらの痕跡《こんせき》に気づいていたのだろうか。自分がそのレベルに達するにはまだ時間がかかりそうだと我聞は思った。

ラーメン屋にはレジがなかった。店主は店の奥から釣りを持ってきて、目の前で数えてから渡してくれる。

「ごちそうさまでした」

会釈《えしゃく》をして、我聞は引き戸に手をかけた。

「……レン？」

「はい？」

声につられて振り返ると、店主は口をぽかんと開いたまま、さっきまで頭に巻いていたタオルを握りしめて立っていた。

「何かおっしゃいましたか」

我聞が聞き返すと、何でもないとでも言うように手を上げて背を向ける。

空耳か、それとも何かの聞き間違いだろうか。どちらにせよ、深く考えるほどのことではない。我聞は今度こそ店を出た。仕事帰りの人々であふれる街中を、二人で宿舎に向かって歩く。

「事件が起こるたびに署に来れるならさ、オレ、早くまた誰か殺されてほしいな」

あんどれが軽やかに言った。

「こんなに人がいっぱいいたら、一人くらい死んだ方が世のためになる奴がいそうじゃない？」

「物騒なことを言うな」

我聞はいつも通りにたしなめた。


翌日の午前六時、黒塗りの公用車が颯爽《さっそう》と現れて宿舎の前に停まった。駐車場で待機していた我聞は、その姿が見えると同時に姿勢を正す。

「ご無沙汰《ぶさた》しております」

運転席から降りた服部美和《はっとりみわ》が頭を下げた。

「小野寺《おのでら》さん、下で待っていてくださらなくてもよかったのに」

「いえ、そういうわけには」

「あの子、部屋にいるんですよね？　鍵はかけてます？」

「はい。あの……取り付けの手配は服部さんが？」

「ええ。上司の命令で」

服部美和は目を伏せた。

「その節は申し訳ありませんでした。自分の家に許可なく侵入された上にあんなものを設置されたら、誰だって不愉快ですよね」

「それは……仕事の一環なので。家宅侵入だなとは思いましたが」

「ええ、家宅侵入ですね。普通は」

彼女は『普通』の部分を強調して言った。

エレベーターへ向かいながら、我聞はジャケットのポケットから部屋の鍵を取り出した。数歩先にいた服部美和が、目つきを鋭くしてサッと振り返る。さっきまでとは別人のような険しい顔をしていた。我聞の手元に視線を向け、なんだ鍵か、と緊張を緩める。

「後ろに立たない方がいいですか？」

「そうしていただけると嬉しいです」

言葉選びは丁寧だが、有無を言わせぬ口調だった。

「死角にいる人の動きに、つい神経質になってしまって。美容院でも服屋でも、常に従業員の動きを鏡越しにチェックしていないと不安なんです。家族には自意識過剰だと笑われますが」

「職業病ですか」

「いえ、子どもの頃からなぜかそうです。ＳＰになった方がよかったかもしれないですね」

服部美和は苦笑いを浮かべた。彼女の横に移動しながら、我聞は記憶を辿る。初めてこの人を見た時、俺はどんな印象を持ったのだったか。訓練慣れしていない、頭脳だけで買われたお嬢さんだと思ったのではなかったか？

しかし改めて観察してみれば、彼女の足音は細いながらにきゅっと引き締まり、鍛えられていることがわかった。先ほどの鍵の件から察するに、反射神経も並ではないはずだ。

「……あの子、いい子にしてました？」

エレベーターに乗り込むと、服部美和が口を開いた。

「捜査には貢献していたと思います。世間一般のいい子には程遠いですが」

我聞は正直に答える。エレベーターは新たな乗客のために止まることもなく、目的の階で止まった。

「支度はもうできてます？」

「下りる前に声はかけましたが、なにぶん二度寝の常習犯なので……すみません、叩き起こしておけばよかったですね」

玄関で靴《くつ》を脱ぎ、奴の部屋の前で立ち止まる。ドアの鍵を回してみたが、部屋の中からは物音一つしなかった。

「起きろ。服部さんいらっしゃったぞ」

少し強めにノックすると「もう？」と眠たげな声が聞こえる。

「さっきも起こしただろ」

「オレが一発で起きれないことくらい、わかってる癖に……」

半目でドアを開けたあんどれは、並び立つ我聞と服部美和を見て大きなあくびをした。

「顔だけ洗わせて」と、かすれた声で言って目元をこする。

「洗顔？」服部美和が目を丸くした。

「前は手を洗うのも嫌がってたのに」

「ガモちゃんが毎朝うるさいからさ。習慣になっちゃったんだ」

あんどれは足を引きずって洗面所へ向かう。

「刑務所に連れ戻される日に、よく眠れるな……」

我聞は感心と呆《あき》れが半々で呟いた。

「諦《あきら》めがいいんです」服部美和が横から言った。

「どこまでが意味のある要求で、どこからが無駄な抵抗か理解している。賢い子なんです」

あんどれのことを語る時の彼女は、まるで子どもを見る母親のような目をしている。

「久しぶりに会って驚きました。あの子、私が事件現場に連れてきた時は人間とは別の生き物みたいじゃありませんでした？　髪がぱさついて、爪はボロボロ、唇は荒れ放題で。

でも今は、少しだらしないだけの普通の男の子に見えます。能力を生かせる場を与えられたのがよかったんでしょうね。小野寺さんが面倒を見てくださったおかげです」

「とんでもない」我聞は首を横に振った。

「服部さん。そう言えば教えてほしいことがあるのですが」

「何ですか？」

「あいつの過去について知りたいんです」

服部美和が顔を上げた。かこ、と驚いたように繰り返す。

「はい。過去」我聞は頷いた。

言葉選びや箸の持ち方から、なんとなく、奴が元いた環境についての予想はついていた。しかし実際のところは何も知らないのだ。出身地も、生年月日も、本当の名前すらも。これだけ行動を共にしてきたのに、それはあまりに寂しいことではないか？

「私の口からは言えません」

服部美和はにべもなく答えた。

「どうしても、ですか」

「ええ。あの子のプライバシーに関わるので」

「……そうですか」

ダメ元の頼みではあったが、それでも落胆《らくたん》した。簡単に教えてもらえるとは思っていない。しかしプライバシーという一言だけで片づけられてしまうと、ここ一カ月の生活を否定されたようで心がひりついた。何か聞き出す手がかりになるものは――と、知恵を絞って考える。

「あの、レンって……」

「えっ？」

服部美和が目を見開いた。

「今、なんて言いました？」

「いや、あの」

「それをどこから知ったんですか？」

――よく見て、よく聞く。

我聞の脳裏に、昨夜の奴の言葉が蘇《よみがえ》った。よく注意して見なければわからないが、服部美和は確実に動揺している。わずかながら眉根を寄せ、睫毛《まつげ》を震わせていた。

「俺は……何も言ってません」

咄嗟《とっさ》に嘘《うそ》をついた。服部美和が疑わしげに目を細める。それでも、これ以上は追及しても無駄だと感じたのか「そうですか」と顎《あご》を引いて顔の向きを前に戻した。

「ちょっと様子を見てきます」

断りを入れてから我聞は洗面所へ向かった。タオルで顔を拭いているあんどれに尋ねる。

「お前、プライバシーって気にする？」

「は？」

一瞬、奴はわけがわからないとでも言いたげな顔をした。前髪を上げた額の上で、ヘアバンドについたピンクのリボンが揺れる。生活必需品を買った時、勝手にカゴの中に入れられていたものだ。

「プライバシー？　俺の？」

「ああ。気にするか？」

「全然」奴はにやりと笑った。

「むしろ引っ掻《か》き回してほしいくらい。個人情報がわかったら、オレも昔のこと思い出すかもしれないじゃん」

そうかそうだよな、と相槌を打ちながら考える。

レン。

あの時、ラーメン屋の店主はそう口にしていた。もしあれが俺ではなく、一足先に外へ出ていたこいつに向けられたものだったとしたら。

「今の質問、服部さんには内緒にしておいてくれ」

いいよん、とあんどれが頷くのを確認してから、我聞は洗面台を離れた。

「何してたんですか?」

服部美和に尋ねられる。

「何でもありません。少し話しただけで」

そこへタイミングよく、あんどれがダイニングルームに戻ってきた。

「私が用意した服じゃ寒いかな?　ごめんね、上着を持ってくればよかったね」

「大丈夫、ガモちゃんが貸してくれてるから」

奴はなぜか胸を張って言う。

「でも、それは小野寺さんにお返ししなきゃ」

「ガモちゃんは優しいから、貸しっぱでいいって言ってくれるよ」

あんどれがこちらを向いた。

「いいでしょ?」

期待しているというより、許可されることを確信している表情だった。拒絶されないことをわかっていて、それでいて答えさせている。信頼関係を確認するみたいに。

「返してくれ」

我聞が答えると、あんどれの表情がフリーズした。

「お前、もう刑務所に戻るんだろ。だから返してくれ」

短い沈黙が流れた。

「やだ」とも「なんで」とも奴は言わなかった。ここで逆らうのは意味のある要求ではなく無駄な反抗だと、無意識に感じ取ったらしかった。

「わかったよ」

そう言って、眉尻を下げて笑う。決して白くはない歯の色は、出会った時と同じだった。一カ月近く共同生活をして、洗顔や歯磨きを習慣化させても、やはり根本的には何も変わらないのかと我聞は思った。こいつが罪を犯した人間であるという事実もまた、未来永劫《えいごう》、消えることはないのだ。

「デニムと、スニーカーも返してくれ」

「わかった」

あんどれは部屋に引っ込み、着替えてから再び出てきた。

「貸し出しサンキュね」

いつも以上に明るい声でそう言って、ダウンジャケットとデニムを差し出してくる。畳むという発想はないらしかった。脱いだままの形が残ったそれらを我聞は受け取り、ダイニングチェアにかけておく。

　エレベーターを使い、三人で地上へ下りた。

「またね」

　手錠をかけられ、腰縄を巻かれ、あんどれは不格好な仕草で手を振る。冬空にTシャツと半ズボンが寒々しかった。

　服部美和の運転する車が道の向こうに消えてから、我聞は階段を上った。エレベーターを使ってもよかったが、ボタンを押して一人で待つということが、なぜかとても難しいことのように思えた。

◯

「またボーッとしてる」

　阪井係長が溜め息をついた。

「どうした小野寺、熱でもある？」

「いえ……大丈夫です」

　ローマ字で打ち込んでしまっていた部分を、我聞はひと思いにデリートする。直近三十分の作業が無駄になった。

「期日が今日までの仕事が終わったら、すぐに帰りなさい」

阪井係長がマグカップに口を付けて言う。

「いつも遅くまで残ってるんだから、たまにはゆっくり休……って、甘っ！　なんだこれ」

「は？　……あ、申し訳ありません！　すぐブラックで作り直します」

「いい、いい。たまには激甘なカフェオレも悪くない」

眼鏡のレンズを曇《くも》らせながら、阪井係長はもう一口飲んだ。

その後も仕事がはかどることはないまま、退庁時間になってから我聞は鞄《かばん》を抱えて庁舎を後にした。宿舎ではなく、暗くなり始めた外へと足を向ける。

駅の周辺はにぎやかだった。土曜の街を行き交う人々は心なしか楽しそうで、みな誰かと歩幅を合わせて歩いていた。そういえば俺はあいつと並んで歩いたことは数えるほどしかなかったなと、足を速めながら思う。二人でいる時は大体あんどれを先に行かせ、自分は尾行さながらにその後ろにつくようにしていた。信頼したい、信頼されたいと思っていながら、結局は最後まで奴の行動を疑うことをやめられなかった。自分の気持ちのどこまでが仕事への忠義で、どこからが個人的な厳しさなのか、測りかねたまま離れ離れになってしまった。

もしあいつの生い立ちや罪を知っていたら、俺はもっと上手《うま》くやれただろうか。必要のない厳しさを向けずに済んだだろうか?

ラーメン屋は昨日と変わらず薄暗かった。引き戸を開けて中に入ると、店主は驚いたように眉を上げる。

「あんた、昨日の……」

「池袋《いけぶくろ》署で刑事をしています、小野寺と申します」

我聞は警察手帳を取り出し、店主の目の前で開いて見せた。職権乱用、と頭の中で阪井係長の声が響いたが、聞こえなかった振りをする。

「突然申し訳ありません。あなたが昨日おっしゃった言葉の意味を教えていただきたく、こうしてお邪魔した次第です」

「じゃあ……あれ」店主は目を見開いた。

「やっぱりレンか」

「お知り合いですか」

「知り合いっていうか……五、六年前まで、数カ月に一度のペースで来てたんだよ」

店主はカウンター席に腰を下ろして言った。

「最初に来た時、あいつ金持ってなくてさ。可哀想《かわいそう》だったんで、バイトの奴のまかないを作るついでにタダメシ食わせてやったんだ」

「そうでしたか……」

「一度や二度じゃなかったから、昨日見た時、もしかしたらレンじゃねえかってすぐ思ったよ。あの頃と同じで、食べ方がえらく汚いからさ」

警察以外の人間から、あんどれの話を聞くのは不思議な心地がした。

「あの、他に彼についてご存じのことは」

「ねえな」店主は即答した。

「手ぶらだったから、このあたりのガキだと思ってたけど……別に本人から聞いたわけじゃねえし」

そこで言葉を切り、厨房に入ってしゃがみ込む。調理台の下の引き出しから、一枚のクリアファイルを取り出した。

「当時のバイトだったら、何か知ってるかもしれねえ。番号写してけ」

「ありがとうございます。拝見します」

差し出された履歴書を、我聞は両手で受け取った。ざっと目を通してから、氏名と住所と連絡先を控えさせてもらう。

店を出る間際、「おい」と店主に呼び止められた。

「刑事さん、どうして一緒にいたのにあいつのこと調べてるんだ？」

「それは……」

何をどう説明すべきか迷っていると、「言えないんなら、いいや」と店主は質問を撤回した。

「でもよ。メシを食わせてやった奴の顔も覚えてないとは、あいつ薄情者だな。今度ツケを清算しに来るよう言っといてくれよ」

「伝えておきます」

礼を言って店を後にした。

履歴書にあった住所を頼りに、ラーメン屋でアルバイトをしていた男の家へ向かった。しかし辿り着いてみると、メモにある名前と表札の苗字《みょうじ》が違う。

試しに連絡先のスマートフォンの番号に電話をかけてみると、数回のコールの後に出た男は『両親が二年前に長野へ移住したんです。僕もそのタイミングで引っ越しまして』と答えた。我聞が事情を説明すると、『明後日の午後八時以降なら都合がつきます』と言う。

面会の約束を取りつけ、来た道を引き返して宿舎に帰った。風呂を済ませ、冷蔵庫から缶ビールを取り出す。捜査本部が設置されて以来、初めて口にするアルコールだった。酒は好きだが、強くはない。普段と違う姿を見られることが嫌で、人と飲む時は喉を潤す程度にとどめていた。

缶を片手に持ったまま、あんどれの部屋のドアの前に立った。指先で冷たい金属の錠前に触れる。中に入り、がらんとした室内を眺めた。

奴の唯一の私物ともいえる衣服は、服部美和がまとめて持ち去ってしまった。クローゼットには、フードにファーがついたオレンジ色のダウンジャケットと、細身のデニムが残されているだけだ。奴の抜け殻《がら》がそこにあるかのようで、何もないよりむしろこの方が寂しかった。

サイドテーブルに缶を置き、ダウンジャケットをハンガーから外した。ポケットを探ると、味の違う棒付きキャンディーの包み紙がいくつも出てくる。コーラ、抹茶《まっちゃ》、プリン、ストロベリー、バニラ、キャラメル、チョコレート。それらのゴミを、片手でまとめて捨てた。貸すのは別の服にすべきだったなと、ゴミ箱に視線を落として思った。

自分以外の人間が着るには、このダウンジャケットにはあまりに思い出が詰まりすぎていた。「じゃあこれ」と奴の指が止まった瞬間、迷った。本当は断るつもりだった。

記憶の上書きをすれば、俺は自分の心が軽くなるとでも思っていたのだろうか。だとしたらとんだ間違いだ。俺は変われない。いくら磨いても残り続ける着色汚れのように、過去は何一つ消えない。どす黒い感情も、鮮明な記憶も、もう薄れるとは思えない。

サイドテーブルの上にある缶を手探りで掴《つか》んだ。流行遅れのオレンジ色が、視界の中で徐々にぼやけていく。瞼《まぶた》が溶けて何も見えなくなった。泣く時期などとうに過ぎているのに、涙が止まらなかった。

○

松田《まつだ》と名乗るその男は、約束の時刻を三十分ほど過ぎてからロイヤルホストに現れた。二十代半ばといったところだろうか。軽い口調で、髪をやや長く伸ばした、学生らしさの残る人物だった。

「すみません、遅くなって」

軽く頭を下げながら、彼は椅子《いす》にコートをかけて座った。

「会社の前に猫がいたんで、コンビニで魚肉ソーセージを買って餌付《えづ》けしてたら時間が溶けちゃいました、アハハ」

「はは……」

コートの袖《そで》に白い毛がついているからおそらく本当だろう。しかしそんな遅刻理由を正直に話されると、かえって反応に困った。

「刑事さんなんですよね？」

松田は目を輝かせる。

「ピストル撃つのって怖くないんですか？」

「はい？」

「あれ？　警察ってお腰にピストルつけてるんでしょ」

「拳銃なら吊っていますが」咳《せき》払いして答える。

「訓練以外では、構える機会すらありませんよ」

「そうなんですか」

松田は目を丸くした。

「知らなかったな。てっきり全員スナイパー並みの腕前なのかと……」

「違いますね。本題に入ってもよろしいですか」

松田のペースに呑《の》まれかけていたが、どうにか態勢を立て直した。

「電話でもお話ししましたが、本日お話を伺《うかが》いたいのは、あなたが四年前までアルバイトをしていたラーメン相川《あいかわ》を数カ月に一度の頻度《ひんど》で訪れていた少年についてです」

「ああはいはい、覚えてますよ」松田は大きく頷いた。

「レンくんですよね。なんで調べてるんですか？」

「児童保護法に関する調査で」

嘘を見破られないよう、頬の内側を噛んで答える。松田の到着を待つ間に、答えを用意しておいてよかった。

「確かに、ありゃ保護が必要そうだったな」松田は納得している様子だ。

「懐かしいなー、レンくん。確か写真があったはずです。機種変更した時に、データを移行したので」

そう言ってスマートフォンを取り出し、すいすいと操作を始める。

「ありましたありました！　これです。この右側に写ってる子」

向けられた画面を我聞は覗《のぞ》き込んだ。

画質が悪く、手ブレもひどい写真だった。ラーメン屋のカウンター席に、頭にタオルを巻いた松田と素肌にランニングを着た少年が並んで座っている。二人とも、確かに今の面影があった。

「いつ撮影したものですか？」

「バイトをやめたのが大三の春で、その前の夏だから……五年前ですね」

「五年前？」

聞き間違いではないとわかっていても、確かめずにはいられなかった。

「確かに五年前でございますとも」

松田は撮影日のデータを確認して頷く。

もしその情報が正しいなら、写真に写っているあんどれは十五歳ということになる。とてもそうは見えなかった。今よりずっと小柄で、顔つきも幼い。せいぜい小学校高学年か、中学生になりたてにしか見えなかった。

「僕も毎日シフトが入ってたわけじゃないから、二、三回しか会ったことはなかったけど。かわいい子でしたね。ニコニコして人懐っこくて。無邪気ないい子でした」

「彼の苗字や住んでいる場所について聞いたことはありませんか？　あとは家族構成とか。どんなに些細なことでも構いませんので」

「どうだったかなあ……」松田は首を傾《かし》げた。

「気になってはいたけど、聞かなかったと思います。夜遅くにお金も持たずに一人で出歩いてるってことは、何か事情がありそうだし。店長は聞き出そうとしたこともあるみたいでしたけど、そしたら逃げられたって言ってました。それ以降は、店にも来なくなっちゃったみたいで」

「なるほど……」

我聞はその後も約十五分にわたり聞き込みを続けたが、それ以上の成果は得られなかった。がっかりしていることを悟られないよう努め、松田に礼を言う。

「本日はお時間いただきましてありがとうございました。何か思い出されることがありましたら、こちらにご連絡ください」

名刺を差し出すと「あ、どうも」と松田も慌《あわ》てて鞄からカードケースを取り出す。受け取った名刺を我聞は見つめた。

「デザイン会社にお勤めなんですね」

「はい、なかなか忙しいですよ。刑事さんほどではないかもしれないけど」

松田はコートを羽織りながら言う。「そういえば」と、ボタンを留める手を止めて顔を上げた。

「レンくん、絵が上手だったんです」

「そうですか」そうですよね、と心の中で同意する。松田には、その「レンくん」と自分に面識があることは話していなかった。

「もうずいぶん前に失くしちゃったけど、僕の似顔絵も描いてくれたことがあって。小学生の頃は、都の絵画コンクールで入賞したこともあるって言ってました。すごいっすよねえ」

そう言って、松田は再びボタンに取り掛かる。

我聞は床に崩れ落ちそうになった。

「そ」

「そ?」

「それを早く言ってくださいよ……」

最後にとんでもない爆弾を落とされた気分だった。

「僕、なんか重大なこと言いました?」松田はきょとんとしている。

「あ! もしかして、わが社にピストルのデザインを依頼してくれちゃったりします?」

「しないですね」

思わず素で突っ込んでしまった。


宿舎に帰ってから、すぐにパソコンを立ち上げた。あんどれが小学生だったはずの、十四年前から八年前までに開催された都の絵画コンクールを片っ端から調べる。受賞者の名前をすべて確認するしか方法はない。

「どんな罪を犯したのかは私も知らされてない」「私の口からは言えません」と、阪井係長と服部美和はそれぞれ言った。これ以上踏み込むなと警告されているも同然だった。ならば、できる限り証拠を隠滅しておく必要がある。パソコンは仕事でも使っているため、サイトへのアクセス履歴が残らない設定にしておくことにした。

絵画コンクールの数は膨大だった。とうとうそれを見つけた時には、出勤時間が目前に迫っていた。

【公共交通マナー等絵画コンクール　都営交通最優秀賞作品　安藤廉《あんどうれん》さん　三年生】

掲載された作品のスローガンを読み、我聞は声を上げて笑ってしまう。

『あぶないよ　えんせきのうえ　あるかない』

楽しそうに歩いていたのはどこのどいつだと、次に会ったら思い出すまでしつこく言ってやろうと思った。


仕事を終えてから小学校に向かうと、来客受付の時間に間に合わない。仕方なく、有給休暇を取ることにした。

「小野寺には、この前の特捜で損な役回りをさせてしまったからね。一日とはいえ、ゆっくり休むといい」

休暇届を受理した阪井係長は、「私用のため」と書かれた申請理由について深く尋ねることなくそう言った。

あんどれ――安藤廉が通っていた小学校。ラーメン屋の件からてっきり池袋にあるものと思っていたが、実際のところはそこから二駅分離れた巣鴨《すがも》にあった。紅白帽を被った児童たちが校庭を駆け回っている。校舎の奥にはプールが設置され、下駄箱の脇には青いプランターが並べられた、いたって普通の公立小学校だった。

「十一年前に教えていらっしゃった先生方は、すでに皆さん異動なさっています」

来客対応の教師は顔を合わせるなりそう言った。

「ですが安藤廉くんと同期の子が、今ちょうど教育実習で二年生を担当しています。呼んできますので、こちらで少々お待ちください」

通されたのは来賓室《らいひん》だった。毛足の長い柔らかな絨毯《じゆうたん》に、ニスの塗装が艶《つや》やかな机。小学校という子どものための場所で、大人だけが入ることを許された唯一の空間だ。

子どもの頃の俺が、今の俺を見たらどう思うだろうか。そして子どもの頃の安藤廉が、服役囚となって記憶を失った現在の「あんどれ」を見たらどう思うだろうか?

そう考えていると、遠慮がちなノックの後にドアが開いた。

「失礼します。東京学術大学教育学部三年の早川円香《はやかわまどか》と申します。私に訊きたいことがあるとのことでお伺いしました」

おどおどした様子の女性だった。

「池袋署で刑事をしています、小野寺です」

我聞が警察手帳を見せると、彼女はヒッと首をすくめる。

「緊張なさらないでください。この小学校に通っていた頃、早川さんと同学年だった安藤廉という人物について、ご存じのことを教えていただけないでしょうか」

「安藤くん……？　どうしてですか」

「児童保護法に関する調査の一環でして」

「成人した安藤くんに、どうして今さら児童保護法が関係あるんですか？」

食い気味に尋ねられて不意を衝《つ》かれた。早川円香は相変わらず緊張しているようだが、視線だけはそらすことなくこちらに留まり続けている。嘘と真《まこと》を注意深く見極めようとしている目だった。

「……安藤廉が成人しても、都内にはまだ、当時の彼と同じ状況の子どもが多数存在します。我々警察官が彼らに対して執るべき対策を明らかにするために、こうして調査のご協力をお願いした次第です」

ここ数日で、嘘をつくことが確実に上手くなっている。我聞は喉元までせり上がってきた心臓を飲み下した。早川円香は納得したのか小さく頷き、向かい側のソファに腰を下ろす。

「安藤くんとは、小学三年生の時に一緒のクラスでした。足が速いし、絵が上手いし、勉強はできないけど時々面白いことを言うから、みんなの弟みたいな感じで人気者でした」

「早川さんは、彼とは仲が良かったんですか？」

「いいえ。私は人見知りが激しいので……安藤くんともあまり話したことはありませんでした。でも一度だけ落とし物を届けてくれたことがあって、それはよく覚えています」

「届けた？」

落とし物を？　あいつが？

「はい。お気に入りだったレースのハンカチを私があちこち探しまわっていたら、たまたま近くにいた安藤くんがそれを握りしめていたんです。どうしてあなたがそれを持ってるのって訊いたら、綺麗《きれい》だったからって、そう言って渡してくれました」

「そうでしたか」

盗もうとしただけにしか思えなかった。

「中学校と高校も同じところに通っていました」

早川円香は言葉を切り、視線を床に落とした。

「でも安藤くん、十六歳の時に逮捕されて」

「ああ……はい」

我聞は居住まいを正し、注意深く耳を傾けた。早川円香は緊張が解けてきたのか、先程よりもはっきりした声で喋り始める。

「夏休み中だったけどその日のうちに噂《うわさ》が広まって、みんな騒然としてました。でも私、ニュースを見たら妙に納得しちゃって……というのも、高校に入ってからの安藤くんはなんだか怖かったんです。授業中は寝てるし、すごく痩《や》せて、でも背は伸びて、誰に話しかけられても無視するようになって。常にイライラしているように見えました」

「彼がなぜ逮捕されたのかはご存じですか？」

「はい。お父さんを刺したんですよね？」

「えっ？」

我聞が思わず訊き返すと、早川円香は眉をひそめた。

「警察の方なのに、ご存じないんですか？」

「いや……」目をそらせば疑われる。慎重に言葉を選びながら口を開いた。

「当時、自分は渋谷署の生活安全課にいたので。このあたりの事件には詳しくないんです」

言い訳がましく聞こえるが、本当のことだった。早川円香は納得していないようだったが、それ以上追及はしてこなかった。

——四年前の夏、第五方面、親族間の傷害事件、被疑者は未成年。

メモを読み返しながら頭の中を整理する。これだけの情報があれば、あとはインターネットや事件簿から調べることができるはずだ。

「他に何か、彼についてご存じのことはありますか？」

「いえ……ありません」

「そうですか」ノートを閉じ、早川円香に向かって頷いてみせた。

「お話は以上で結構です。お時間いただきましてありがとうございました」

「お役に立てたならよかったです」

早川円香は立ち上がり、そそくさと来賓室を出て行く。

来客対応の教師に礼を言い、我聞は小学校を後にした。宿舎へと向かう足取りは軽い。

奴の素性を調べるなという指示に背いていることはわかっていたが、情報を得たことが嬉しかった。それがたとえ、重苦しい事件を予感させるものであったとしても。


「前に訊かれたことなら答えませんよ」

電話に出るなり、服部美和はそう言った。

「お話だけでも聞いていただけませんか」

我聞は食い下がる。

「お話って……」困ったような溜め息が聞こえた。

「それは私にとって重要なことですか？」

「はい。お願いします、今回だけなんです。もう無理は言いませんから」

数秒の逡巡《しゅんじゅん》の間があった。

「……仕方ないですね。では、明日の午後九時に霞《かすみ》が関《せき》までお越しください。駅前にある喫茶店なら、二十四時間営業しています」

服部美和は諦めた口調で言い、警察庁からほど近い場所にある喫茶店を指定してから電話を切った。

ここのところ人と待ち合わせてばかりだと、翌日、喫茶店に入りながら我聞は思った。刑事の仕事というのはそういうものではあるのだが、未だに自分だけが捜査本部に取り残されているような気分だ。

約束の午後九時ちょうどに服部美和はやってきた。仕事終わりで疲れているのか、その表情にはいつも以上に親しみがない。

「アイスティー、ストレートで」

メニューには目もくれず、水を運んできた店員に彼女は注文を済ませた。

「わがままを言って申し訳ありません。お仕事の後なのに」

「別に。私にとって重要な話ならいいんです」

そう言って無愛想に首を傾げ、おしぼりの袋を破る。「いったい何の話なんですか?」と、アイスティーが運ばれてくるのも待たずに急《せ》かしてきた。

我聞はテーブルに置いていたパソコンを反転させ、画面に映したニュース記事を服部美和に見せた。

「これを読んでいただきたくて」


【殺人未遂容疑で高校生の十六歳少年を逮捕】

警視庁池袋署は八月二十日、別居中だった五十六歳の父親を包丁で刺したとして東京都豊島《としま》区に住む十六歳の少年を現行犯逮捕した。少年は「ムカついて仕方なかった」と供述し、犯行を認めている。

逮捕容疑は二十日午後五時二十分頃、同区東池袋のマンション一室で、父親の腹を包丁(刃渡り約十五センチ)で刺したとされる。父親は病院に搬送《はんそう》されたが、命に別状はないという。

池袋署によると、現場は父親の交際相手の女性の自宅で、少年は「口論になって刺した」と供述。家庭内のトラブルが原因とみて詳しい動機を調べている。

記事を読み終えた服部美和は、唇を噛んでうつむいた。

「調べたんですね。プライバシー侵害になると言ったのに」

「申し訳ありません、どうしても気になって……。それに、あいつは気にしないと言ったんです」

「それでも、普通は勝手に調べませんよね？」

大きく見開かれた目が、威嚇《いかく》する猫のように我聞を睨《にら》んだ。

「警察庁が本当に守りたいのは、あの子個人の情報ではなく自分たちの信頼です。殺人未遂犯を野放しにしていると民間に知られたら大変だから、プライバシーの保護なんて建前で調査を禁じているんです。それくらい察してください」

「わかっています。でも、やっぱりこんなのおかしいですよ」

我聞はパソコンの向きを元に戻した。

「服部さん、俺は本気であいつを更生させるつもりです。このまま娑婆《しゃば》と刑務所を行き来するだけの生活を送っていたら、あいつは絶対まともな人間になれません。訳もわからず刑務所に入れられるより、自分が捕まった理由を思い出せた方が奴だって納得して罪と向き合えるはずだし、そうした方がいいに決まっているでしょう？　だから俺は、それを何とかしてやりたくて………」

考えていることを伝えようとすればするほど、言葉が上手くまとまらなくなる。自分の声が徐々に小さくなっていくのを止められなかった。

服部美和が鋭く息をついた。

「あの子を更生させるのは法務技官や保護司の役目です。たった一カ月だけ監視を請け負った小野寺さんに首を突っ込む権利はない。そもそも、私の上司があの子のお目付け役として小野寺さんを選んだのは、あなたが単に便利な駒《こま》だったからです。独身だからもし何かあったとしても家族のケアをする必要がなくて、階級的にも能力的にも、いくらでも代わりがいるレベルの普通の警察官だったから。本当に、ただそれだけなんです」

「でも」

「いい加減に気づいてください。あなたが監視以外であの子にできることは何一つありません」

完全な拒絶の口調で告げられ、胸のあたりがちくりと痛んだ。

「……服部さんだって、あいつに情が移っていたじゃないですか。本名をもじって『ベルサイユのばら』みたいなあだ名をつけて。それがなければ、俺の中でレンという名前と奴が結びつくことはなかったんですよ」

醜《みにく》い攻撃をしている自覚はあった。こんな言い争いをするはずではなかった。今日服部美和を呼び出した目的は、奴の素性を暴いたと報告することでも、自分の考えを一方的に押しつけることでもない。知りたいことを教えてほしいと、ただ頼むことだけだったのに。

「……私が」

服部美和がぽつりと言った。

「私があだ名をつけたのは、あの子がずっと番号で呼ばれていることが可哀想だったからです」

「可哀想？　あいつは自分の名前も覚えていないのに」

「だって思い出す機会も与えられずに、ずっと一八三《ヒトハチサン》、一八三って、そんな囚人みたいな」

「あいつは囚人ですよ」

服部美和の瞳が揺れた。今日ここへ来て初めて見せた苦しげな表情だった。

我聞はテーブルに身を乗り出した。

「無理を言っていることは承知しています。絶対に口外しないと誓います。服部さんがご存じのこと、少しでも教えてください。なぜあいつは、保護観察処分になったのに刑務所にいるんですか……？」

殺人未遂罪を犯した安藤廉には、裁判で三年間の懲役《ちょうえき》または四年間の保護観察が言い渡された。保護観察付きになったのは、父親に家庭内暴力の気質があったことが理由だ。奴は父親が愛人に暴力をふるっている場面に遭遇し、激しい口論の末、台所にあった包丁で犯行に及んだらしい。

保護観察処分になれば、刑務所に入る必要はない。多少の制限は設けられるが、それでも通常の社会生活を送ることは可能だ。ましてや裁判が行われたのは四年も前だ。何らかの事情がなければ、今はちょうど観察期間が明ける時期にあたるはずだった。

「……判決後、すぐに別件で起訴されたので懲役刑になったんです。異例なことですが」

「どんな起訴内容ですか？」

「窃盗《せっとう》です。池袋駅東口にあるショッピングセンターで、ゲーム機器など総額二十万円相当の商品。すでに売り払った後だったそうです。私も調書で知っただけですが」

「窃盗……」我聞は頭を抱えた。

「なら、あいつはいつから自分のことを覚えていないんですか？　そもそも、いったいどうして記憶喪失なんかに……」

疑問が次々に湧いてきて混乱が収まらない。

服部美和は慌てることもなく静かに目を伏せた。唇を引き結んだ後「小野寺さん」と、思い切ったように口を開く。

「あの子が犯した罪は、あなたが思っているよりもずっと大きくて複雑です。事実がわからないから、裁判所も警視庁も、未だに適切な処置ができずにいるんです。だからあの子は、今回の措置の対象に選ばれた。小野寺さん、それがどんなものだとしても、あなたにはあの子の罪を受け止める覚悟がありますか？」

「あります。聞かせてください」

膝《ひざ》の上で拳《こぶし》を握りしめて答えた。服部美和が小さく頷く。

「では……三年前、川越《かわごえ》少年刑務所に勤務していた女性刑務官三名が死亡した件をご存じですか？」

答えようとした声が、は、と宙で揺れた。地球一周越しに伸びてきた手に、心臓を握り潰された気がした。

「あの子――安藤廉には、その事故を故意に引き起こした疑いがかけられています。三人もの人間の命を奪った罪は、一生かけても償《つぐな》いきれないほど重い。またこれは風の噂ですが、死亡した刑務官のうち一人は、事故が起こる一週間後に退職して結婚する予定だったそうです」

息ができなかった。はい、と言ったつもりなのに、何も聞こえなかった。
三年前に死んだ女性刑務官。大破した公用車の無残な姿。
彼女と結婚間近だったその相手は、他でもない、この俺だ。

第四章

八年前の我聞《がもん》は、大学のキャンパスの入り口で人を待っていた。「頼みがある」と、いつになく真剣な様子で友人が連絡してきたのだ。一月中旬の空気は凍るように冷たい。ダウンジャケットのファスナーを上まで引き上げ、白い息を吐きながら首を縮めた。

「がーもんちゃん」

背後から声がしたかと思うと、続いて肩に負荷がかかった。振り返れば、同級生の吉永《よしなが》至《いたる》に寄りかかられている。剣道部のメンバーの中でも特に仲が良く、同じ法学部ということもあってしょっちゅう顔を合わせている人物だった。

「警察官採用試験、受かったんだって？　おめでとうじゃーん」

「ありがとう。明けましておめでとう」

「おめでと。いやーマジでよかったよ。これで落ちたら、俺らの中でお前だけ就職浪人するとこだったじゃん。さっすが、やればできる男だねえ」

そう言って、何度も脇腹を小突いてくる。我聞は笑いながらその攻撃を避けた。

「わかった、わかったから。サンキューな。で、頼みって何」

「それがさぁ……」

吉永は途端に口ごもる。

「なんだよ、早く言えって」

我聞が急《せ》かしても、もじもじと下を向くばかりだ。レンズが分厚い眼鏡のせいで、いつものことながら瞳がとても小さく見えた。

キャンパスが翌日のセンター試験の会場になるとのことで、今日は休講日だった。図書館や体育館は開館しているが、十八時過ぎにもなるとさすがに人通りは少ない。

「あのさ」

吉永はようやく切り出した。

「お前が採用試験に受かったのって、剣道四段の加点があったからじゃん?」

「多分な」

「その剣道四段を取れたのは、俺が練習に付き合ってやったからじゃん?」

「そうだな」

「だからその礼――自分で礼って言うのなんかヤダな――もかねて、俺が希望する店で一緒にメシ食ってくれねえかなと思ってさ」

「なんだ、そんなことか。いくらでも付き合うよ」我聞は拍子抜けした。

「で、その店ってどこ」

「相席居酒屋」

「断る」

背を向けて歩き始めた我聞に、「ちょ待て待て待て」と吉永は追いすがった。

「頼むっつったじゃん！　この四年間、勉強と剣道ばっかで彼女ができなかったのはお前だって一緒だろ？　卒業したらどうせ仕事で忙しくなるんだから、最後くらい乗り気になってくれてもいいじゃん」

「場所を後出しするのは卑怯《ひきょう》だ」

「だって先に言ったら断るだろ！」

「よくわかってるな。でもどっちにしろ同じだよ」

我聞が再び歩き始めると「ちょいちょいちょい！」と吉永はなおも追いかけてくる。

「何がそんなに嫌なのさ。何もあからさまにいかがわしい場所に誘ってんじゃないのよ？　どうしてそんなに渋ってるのか、吉永くんに教えてみ？」

「嫌というか……」我聞は渋々答えた。

「そういうところに行く女の人、俺はあまり好きじゃない」

「ヴッ」吉永は胸を押さえた。

「小野寺《おのでら》くん、幻想を抱いてちゃダメだよ。そういうこと言ってるといつか刺されるって」

「うるせえな。お前は幻想を抱いてないとでも言うのかよ」

「そうじゃないけどさー。俺がこうして気軽に声をかけられる奴の中では、お前が一番爽《さわ》やかで女子ウケがよさそうなわけよ。なのにお前はずーっと道場で面を引っ被ってるか図書館で勉強してるか、宝の持ち腐れだよ？」

探りを入れるような口調でそう言った後、パン！　と吉永は両手を合わせた。

「お願いだ！　この吉永至、小野寺我聞に剣道四段取得協力の見返りとしてお頼み申す。俺と相席居酒屋に行ってください！　今から！」

「今から？」

呆《あき》れて聞き返してしまったが、吉永は真剣な表情のままでいる。断れば自分が薄情な気がしてくるから、「見返り」という言葉は狡《ずる》い。

「……仕方ねえな」

「心の友よ！」

抱き着いてこようとした吉永の腕を振り払った。

二人で歩き始めると、落ち葉がくしゃりと音を立ててスニーカーの下で潰れる。

「店、どこにあんの？」

「ここから徒歩五分」

「絶対に同じ大学の奴いるだろ。知り合いに会ったらどうするんだ」

「まー、その時はその時だよねえ」

鼻唄交じりに言いながら、吉永はスマートフォンで地図を見ていた。「あ、ここを左」と、歌詞の続きのように呟《つぶや》く。

「はい到着」

そう言って立ち止まったのは、一棟の背の高いビルの前だった。一階から三階まではドラッグストア、四階が相席居酒屋、五階から八階はカラオケボックスになっているらしい。

「それそれいけいけ、小野寺くん」

妙に強い力で、背中をぐいぐい押してくる。自分が先に立つ勇気はないようだ。

「いらっしゃいませ！　男性二名様でよろしいですか？」

紺《こん》色の制服を着た店員に尋《たず》ねられた。我聞が頷《うなず》くと、店員は手に持っていたバインダーに何事かメモし「ルールをご説明しますね」と慣れた様子で喋《しゃべ》り始める。

「当店では、男性は一時間につき三千円のお席代をいただいております。こちらにセルフサービスの食べ飲み放題の料金も含まれていますので、時間単位でお席代のみ上乗せされていくシステムになります。女性のお客様はすべて無料です。本日は男性二名様でご来店とのことで、こちらで人数とご年齢を考慮した上で相席をセッティングさせていただきます。もしお相手の方々と会話が弾まないようであれば、お手洗いにチェンジカードがございますので、席をお立ちになった際に店員にお渡しください。すぐに席替えの手配をいたします」

やけにシステマチックだなと驚いていたら「最近はどこもこんな感じだよ」となぜか得意げな吉永に言われた。

「お前、来たことあるのか」

「ないけど。そりゃあちょっとくらいネットで予習はするさ」

店員は張りつけたような笑顔で会話が終わるのを待っていた。

四人掛けのボックス席に通され、吉永と二人で相手が来るのを待った。

「俺を無理矢理連れてきた癖に、食ってるだけかよ」

「まだ女の子来てないんだからいーじゃん。それに食べないと損だし」

吉永はビールを飲みながら鉄板焼き餃子《ぎょうざ》を食べている。

通路には遮光性《しゃこうせい》のある暖簾《のれん》がかけられ、反対側の窓も黒い布で覆《おお》われていた。ボックス席はいわば簡易的な密室だった。吉永のずり下がった眼鏡のレンズが、天井の照明を浴びて卓上にいびつな光の塊《かたまり》を作っている。

「ここ？　ここかな？」

やがて声がして暖簾がめくられ、二人の女性が顔を出した。どちらもロングヘアで、淡い色のシャギーニットを着、ゴールドの華奢《きゃしゃ》なブレスレットをしている。

二人がそっくりなのか、それとも自分に女性の顔を見分ける能力がないのか、我聞には
わからなかった。彼女たちはそれぞれ簡単に自己紹介をしてくれたが、どちらがどちらか
すぐにわからなくなってしまった。

「ねえ、君、爽やかイケメンってよく言われない？」

「マジで彼女いないの？　お仕事は何をしてるの？」

身を乗り出した二人に同時に尋ねられる。

「いや……大学生で」

「そうなの？　カワイイ～！」

「えっ若い！　今は四年生？」

「はあ……」

「二つ下か、うんいけるいける」

「もう就職先は決まってるの？」

「はい！　俺は民間で、こいつは警察官です」吉永が横から答えた。

「警察官！」

二人は揃《そろ》って目を輝かせる。

「真面目にかっこいいかも……」

「制服フェチに目覚めそう……」

「フェチ？」

我聞はぽかんとして反復した。

「いやいやいや、でも警察って大変ですよ」吉永が割り込んできた。

「噂《うわさ》によっちゃ、学校に入って最初の一カ月はスマホ没収されるらしいし。確か外出も禁止なんだよな？」

「ああ」我聞は頷き、二人に向き直った。

「それに制服は警視庁から貸与《たいよ》される大事な仕事道具の一つなので、そういう目で見られるのは、ちょっと……不快です」

彼女らの表情が固まった。

「……なんか……ごめんなさい」

「……あの、すみませんでした」

「いえ」

吉永に脇腹を突かれたが、意味がよくわからないまま我聞は首を横に振った。

やがて片方の女性が「ちょっとお手洗い」と言ってにこやかに席を立った。戻ってきた時も彼女は変わらずにこにこしていたが、その五分後に店員がやってきて「そろそろ席替えいかがですか？」と尋ねた。

「お願いします」

二人の女性は即答してバッグを手に取る。

約十五分ぶりにボックス席は静まり返った。暖簾の向こうから、他の客の楽しげな話し声が聞こえる。

「あーあ」

吉永が溜め息をついた。「喋ると残念なんだよなあ」と、我聞をちらりと見てハイボールのグラスを傾ける。

次に現れたのは、ずいぶんちぐはぐな印象の二人組だった。片方は茶色い巻き髪を肩の下まで垂らし、もう片方は黒髪を顔の輪郭《りんかく》に沿って前下がりに切っている。これなら我聞にも簡単に見分けがついた。

二人はそれぞれ「ほなみでーす」「朝倉《あさくら》ナナセです」と名乗った。茶髪のほなみが吉永の前、黒髪のナナセが我聞の前に座る。

「二人、友達には見えないね」

そう言って吉永が箸《はし》の先を向けると、ナナセがちょっと嫌そうに眉をひそめた。

「だって友達じゃないもん」

ほなみが口を尖らせる。

「この人が店の前でウロウロしてたから、あたしが一緒に入ろうって誘ったの。ここ、二人以上じゃないと入店できないからさ。ちょうどいいと思って」

そこで首をひねり、ナナセに尋ねる。

「いつも一緒に来てる子はどうしたの？」

「えっ」

ナナセは目を見開いた。「私のこと知ってるの？」と小声で囁《ささや》く。薄暗い空間でもわかるほど、顔が真っ赤になっていた。しかし、ほなみは気づかないらしい。

「だってあんた、毎週水曜日になるとここに来てるじゃん。ちょっとした有名人だよ」

と、しゃあしゃあと言ってのけた。

「じゃあナナセちゃんは、彼氏が欲しくてここに通ってるんだ。ですか？」

吉永が尋ねる。途中から不自然な敬語に切り替わったのは、顔を上げたナナセが、明らかに自分たちよりも年上であることに気づいたからだろう。

「そういうわけじゃないの。ただ……」ナナセはまた赤くなってうつむく。

「ただ？」吉永とほなみが声を揃えた。

「ただ――」

焦《じ》れったい沈黙が流れた。

「何でもいいじゃないですか」

我聞は空になったグラスを置いて言った。アルコールが回ってきたせいでもあるが、問い詰めるようなこの場の空気が好きではなかった。

「ノリわるーい」

ほなみが不満げに言う。

「ごめんごめん。こいつ、警察官の卵だからさ。真面目くんなんだ」吉永が慌《あわ》ててなだめた。

「警察官?」

ナナセが顔を上げた。

「そうですが」

我聞は投げやりに答える。フェチだなんだと言われるのはもう勘弁だった。

「へえ」

ナナセはそれ以上何か言うでもなく視線をそらした。

ボタンをきっちり留めた黒い襟《えり》付きシャツの、袖《そで》口から覗《のぞ》く手首の肌がやけにきめ細かかった。化粧気はなく、黒々とした目と髪が肌の白さを際立たせている。

酔いが鼻先のあたりをふわふわと漂うのを感じながら、我聞は目の前に座るナナセをぼんやり眺めた。周囲の音が、徐々に遠ざかっていく。

――すげえ量、食ってるな。

まず始めにそう思った。山盛りのフライドポテトを平らげたナナセは席を立ち、鶏《とり》の唐揚げと白米をそれぞれ山盛りによそった皿を持って戻ってくる。唖然《あぜん》としている我聞には目もくれず、休むことなく口に運んでいた。箸の持ち方がお手本みたいに綺麗《きれい》だったが、それよりも量に気を取られて仕方なかった。

ふと我に返れば、隣では吉永とほなみがだらだらと会話を続けている。

「ねー吉永くんさぁ、さっきからお酒のペース速くない？」

「え？　ああ俺さ、見ての通り出っ歯だから。こまめに濡らさないと、前歯が乾くんだ」

唐揚げと白米を食べ終えたナナセが、また席を立った。数秒遅れて、我聞はふらりと後を追った。

ウーロン茶のサーバーのコックをひねる。ナナセが大量のカルボナーラをよそっている様子を、目の端のあたりで気づかれないように眺めた。湯気が立ち、彼女の顔がぼやける。

「あふれてるよ」

その声でハッと気づくと、グラスからこぼれたウーロン茶が床に水溜まりを作っていた。

慌ててコックを元の位置に戻し、乾いたダスターを摑《つか》む。ナナセのパンプスの先端が視界の上部に映った。

「私に何か用?」

「いや……」下を向いたまま答えた。

「食ったの、どこに消えたのかと思って。そんなに瘦《や》せてるから」

「褒めてるの?」

ナナセは乾いた口調で言う。我聞が顔を上げると、彼女はすでに席に戻っていくところだった。手伝ってくれないのかよと一瞬思ったが、皿で手がふさがっているから無理かと考え直す。結局一人で拭き終え、元は焼酎《しょうちゅう》で割るつもりだったウーロン茶のグラスを持って席に戻った。

さんざん食べると満足したのか、しばらくするとナナセはあからさまに帰りたいオーラを発し始めた。バッグを膝《ひざ》の上に置き、使った皿もきちんと重ねて、ちらちらと無言でほなみの様子を窺《うかが》っている。わかりやすすぎだろ、と我聞は笑いを堪《こら》えた。

着信音が鳴り響いた。

「あ、あたしだ。ちょっとごめんねぇ」

ほなみがスマートフォンを耳に当てる。通話は五分足らずで終わった。ピンク色の小さなバッグにスマートフォンをしまい、ほなみは長い髪を耳にかける。

「彼氏がこれからうちに来るみたいだから、帰るねぇ」

「は？　ほなみちゃん、彼氏いんの？」

吉永がぽかんと口を開けた。「そりゃいるよぉ」ほなみは間延びした声で答える。

「俺も帰りたい」

我聞が言うと、吉永はがっくりと肩を落として頷いた。

外へ出ると、夜十時過ぎの空気に頬《ほお》を撫《な》でられる。先に店を出ていたナナセとほなみが、階下で立ち話をしているのが視界に入った。

「じゃあね」

ほなみが手を振り、駅の方へ歩いていく。

「待ってくれよぉ」

吉永が未練がましくその背中を追った。二人の背中は徐々に小さくなり、やがて見えなくなった。

「ナナセさん」

「何？」

店の前から離れようとしていた彼女を呼び止めた。歩み寄ると背の高さがほとんど同じだ。ロングコートのベルトで縛られた腰が、嘘《うそ》かと思うほど細かった。

「おいくつですか」

「えっ？」

ナナセは絶句していた。「いきなりそんなことを訊《き》く人はモテないよ」と、数秒の後に年下をたしなめる口調で言う。

「すみません。あの……ご職業は」

「私は、あなたの取調べの練習台にはならないってば」

彼女の返事はつれない。

呆れられている、と思った。どうして俺はこんなにも、誰かに何かを尋ねることが苦手なのか。

「失礼なことを訊いて申し訳ありません。ええと……」

「仕事を答えればいいの？」

質問を撤回しようとした瞬間、遮《さえぎ》るようにナナセが口を開いた。すぐ横を通り過ぎていったバイクのヘッドライトに照らされ、彼女の瞳が鋭く光るのを我聞は認めた。

「刑務官」

それが出会いだった。

ナナセは我聞よりも五つ年上で、当時は二十七歳だった。そのことを我聞が知ったのは、出会ってから一週間後のことだ。

卒業間近で大学に用はなかったが、小耳に挟んだ情報を頼りに南大沢駅《みなみおおさわ》へ向かった。電車を降り、キャンパスには向かわずに、先週と同じあの背の高いビルを目指して歩く。会える確信はなかった。望み薄な博打《ばくち》を打っている自覚はあった。そもそも吉永の誘いに乗り気じゃなかった自分が、なぜこんな行動をとっているのかさえわからなかった。彼女に好意を持っているわけではない。強《し》いて理由を挙げるなら、暇だったから、というのが一番しっくりくるかもしれなかった。

あと三カ月もすれば自分も社会の一員となり、嫌でも状況が変わることは理解している。もっと有意義な時間の使い方が、考えればたくさんあるはずだった。しかしこうしていることが不思議と楽しくもあった。

エレベーターで四階まで上がると、果たしてナナセはそこにいた。彼女は期待に満ちた瞳で顔を上げ、ああなんだ男か……とがっかりした表情でうつむき、それからハッとしてまた顔を上げる。

「なんでここにいるの」

「先週、一緒にいた人が言ってたじゃないですか。毎週水曜になると来てるって」

「私がいると思ったから来たの？」

「そうですが」

「どうして？」

ナナセはなおも訊いてくる。驚いているというより不可解そうだった。

「メシ、食いに行きましょうよ。奢《おご》るんで」

我聞はダウンジャケットのポケットに手を突っ込んで言った。

「ここに入ると、席替えされちゃうじゃないですか」

「えー……」

ナナセは迷っているようだった。唇を噛《か》み、顎《あご》に手を当てている。彼女の中では俺と相席居酒屋の価値が競《せ》っているのかよと、我聞は少し傷ついた。

「いいよ。行こうか」

女性の一人客はしばらく来ないと踏んだのか、やがてナナセは肩をすくめてそう言った。

階段を使い、さっさと先に下へ降りていく。

五分ほど並んで歩くと、大通りに小洒落《こじゃれ》たフレンチレストランがあるのを見つけた。

「あの」

声をかけると、横にいたナナセも立ち止まる。

「ここにします？」

我聞が尋ねると、ナナセは黙って首を横に振った。幼い子どもに家事を手伝うと言われた時のような、困った表情を浮かべていた。

「あのねえ。見栄、張らなくていいよ」

なだめるように言われてムッとした。けれどその感情をあらわにすることですら、彼女の目には子どもっぽく映ってしまうのだろうと思って堪える。これから塾へ行くのか、揃いの青い鞄《かばん》を背負った小学生たちが道の脇をワーッと通り過ぎていった。その様子を見て、ナナセがくすりと笑う。なんだか妙に悔しくなった。

「……多少は見栄張らないと、サイゼとか、牛丼屋になっちゃいます」

「いいよそれで。というか、むしろそっちの方がいいよ」

確か駅の反対側にあったよねと言って、ナナセはコートの裾《すそ》を翻《ひるがえ》した。

いつにもまして寒い日だった。息を吸うと、喉《のど》に氷が刺さったような軽い痛みが走る。彼女のコートの襟が少し邪魔だなと、歩きながら我聞はふと思った。顔がよく見えない。

「俺、刑務官の人と話したの初めてです」

「そうなの? まあ珍しいもんね。特に女は」

「全員、刑務所に勤めてるんですか?」

「基本的にはそうだけど、拘置所《こうちしょ》や鑑別所に配属される人も多いよ。私も去年までそうだったし」

「今は?」

「川越《かわごえ》少年刑務所」

「遠くないですか」

「そんなに。車で一時間弱」

川越少年刑務所といえば、全国の鑑別所や少年院では手に負えなかった未成年犯罪者が収容される場所だ。不良の巣窟《そうくつ》で、いじめや暴動も絶えないと聞く。

我聞が表情を硬くしたことに気づいたのか、ナナセは「そんなに危険な仕事でもないよ」と声色《こわいろ》を和《やわ》らげて言った。

「そもそも女の私が配属されたのだって、収容者の攻撃性を低下させるためだし」

「効果あるんですか?」

「微妙なところ。男の刑務官に比べたらあからさまに暴力性を向けられることは少ないけど、やっぱりみんな性欲を持て余してるんだなと思うことは多いよ」

言葉を返せなかった。笑って流してはダメだとわかっていたが、かといって、そうなんですねと相槌《あいづち》を打つことも許されない気がした。

「ここに入ってもいい？」

ナナセは牛丼チェーンの前で足を止めた。

「いいですけど」我聞は口ごもる。

「本当にいいんですか？」

「私一人で入るにはハードルが高いからさ。付き合ってよ」

口元はコートの襟に隠れていたが、目は笑っていた。

席に着くと、ナナセはすぐにメニューを手にした。視線が写真の上をさまよう。

「これ探してるでしょう」我聞はキングサイズの牛丼を示した。

「からかわないで」

ナナセが低い声で言う。直後に「恥ずかしい」と小さく叫び、片手で目元を隠した。

「まだ二回しか会ってない年下の男の子に、こんなこと言われるなんて。私のこと、タダメシ目当てで相席居酒屋に居座ってるとんでもない女だと思ってるんでしょ」

「それは……」素直に答えるべきか迷った。

「まあ、はい」

「違うの」

ナナセは目を覆ったまま言った。

「最初は友達の彼氏作りに付き合ってただけ。でもその子、先々週に元彼と復縁したらしくて。それで行く理由がなくなっちゃったの。でも食費はできる限り浮かせたいし、あそこは家から近いし、雇ってるバイトの人数が多いから顔も覚えられにくいし」

我聞は自分の顔が徐々に強張《こわば》っていくのを感じた。ナナセが言い訳がましく理由を並べ立てていることが、あまり好ましく思えなかった。

「公務員の給料だけじゃ……厳しい感じですか」

「そうだね」

「よかったら、わけを教えてもらえませんか。もしかしたら力になれるかもしれないし」

「そんな簡単に言えない」

「二回しか会ってないからですか?」

「それもそうだし、あなたにどうこうできる問題だとは思えない」

「そんなのわからないじゃないですか。それに俺、誰にも言いません」

ナナセはしばらく黙っていたが、やがて観念したように天井を仰いだ。

「病気の母の治療費を払わなきゃならないの。父は私が小学生の時に離婚して、今はよそに子どもがいるから頼りたくない。それに妹を好きな大学に行かせてあげたいの。お願いだから国公立にしてなんて絶対に頼めない。高い席代を払ったり、簡単に人にご飯を奢ったりできるあなたには、理解できないことなのかもしれないけど」

最後の部分はいらないだろと思ったが、それを口に出すことはできなかった。図星だったからだ。我聞はこれまでに誰かを養うという立場になったことはなく、金に困ったこともなかった。何かしてあげられるかもしれないからわけを話せと、簡単に言った自分が今さら恥ずかしくなる。

「ほらね。あなたにどうこうできることじゃないでしょ」

「はい……すみませんでした」

咄嗟《とっさ》に謝ると「いいよ、私がみっともないことしてるのは事実だし」とそっけない声が返ってきた。

気まずいまま注文を済ませ、無言で並盛の牛丼を食べた。食事を終えた時、我聞の胃の容量はまだ余裕で、ナナセも物足りなさそうな顔をしていたが、これでいいのだという共通認識が二人の間に通っている気がした。食事の量も、会話から得る情報も、おそらくは欲張らないことが重要なのだろう。

席を立つと、ナナセは鞄から財布を取り出した。

「やめてください。俺が誘ったんだから」

「でも、借りを作るのは気持ち悪い」

そう言って、我聞にきっちり一人分の代金を渡した。

店の外に出て、どちらからともなく駅の方向へ歩き始めた。

「警察学校って、いつから始まるの？」ナナセに訊かれる。

「四月です。俺は大卒採用だから、初任科は六カ月」

「へえ。全寮制？」

「そうです」生まれて初めて実家を出ます、とは言わなかった。

駅前の自動販売機のそばに、三、四歳くらいの男の子の姿があった。暗闇《くらやみ》の中で地面に手を這《は》わせ、泣きながら何かを探している様子だ。周囲の人々は怪訝《けげん》そうに目を留め、けれど何をするでもなく足早に通り過ぎていく。

「どうかした？」

我聞は駆け寄ってしゃがみ込み、目線を合わせて尋ねた。男の子がしゃくりあげながら顔を上げる。

「おっ、おっ、おがね落としぢゃっで、ひゃぐえん」

「この下に？」

「ゔん、おみず買おうとして、落としぢゃっで」

「お兄ちゃんも一緒に探すよ。ここには誰かと一緒に来たのかな」

「おがあざん、が、ごごでぢょっどまっでで」

「そうか」

我聞はデニムのポケットから財布を取り出し、百円玉を一枚、男の子に気づかれないよう自動販売機の下に置いた。

「なあ、落としたのってこれじゃないかな。ほらここ」

「あ……！」

男の子が目を見開いた。小さな手を伸ばし、百円玉をつまみ上げる。

「あったな！　よかったな見つかって」

「うん」

嬉《うれ》しそうに頷く男の子を抱き上げ、我聞は水を買わせてやろうとした。

「うちの子に何してるんですか！」

背後から鋭い声が飛んできた。振り返れば、赤ん坊を抱いた女性が息を切らして立っている。

「ちょっとトイレに行ってただけでこんな……ほら優《ゆう》、来なさい！」

母親と思《おぼ》しきその女性は我聞から男の子を取り上げ、駆け足で改札の向こうに行ってしまった。

啞然としているナナセと目が合った。気まずくなって我聞は肩をすくめた。

「……暗いから、探しても見つからないだろうと思って」

「いつもこんなことしてるの？」

「こんなことって？」

「人助け」

「ああ……放っておくと後で余計に心配になるんです。でも今のは、先に保護者を探すべきでしたね。失敗しました」

「失敗なんてことないでしょ、少なくともあの子にとっては。こんな時間に子どもを一人で置いていく親の方がおかしいよ」

ナナセはむきになっているようだった。そのことが、我聞はなぜだか嬉しかった。

「あの、ナナセさん」

ダウンジャケットの汚れを払いながら切り出す。

「何？」

「俺が警察学校に入るまで、毎週水曜は一緒にメシ食いませんか？」

それは純粋な提案だった。彼女のように苦しんでいる人がいるのなら、自腹を切ってでも助けてやりたい。百円玉を落とした男の子に、水を買わせてあげようとしたのと同じ気持ちだった。

ナナセの顔がぐっと歪んだ。片側の頬に駅の看板の黄色っぽい光を映し、彼女はしばらく立ち尽くしていた。

「いいよ」

やがて彼女は頷いた。

「正義感がないとやってられない仕事の人間同士、色々話そう」

そう言って、改札とは別の方向に足を向ける。「私、徒歩だから」と、駅舎の周りを沿うように歩き去っていった。一度も振り返ることはなかった。


中学生の時や高校生の時もなんとなく好きなのかもしれないと思う人はいたが、それが恋だったのかは今でもわからない。一度だけ、高校の卒業式で剣道部の後輩からラブレターをもらったことがあるが、受け取ってまず始めに湧き上がってきたのは、「嬉しい」よりも「困る」という感情だった。

「そういうの、よくわからないから」

そう言って断ると「なんでですか」と食い下がられ、ああ面倒だなと辟易《へきえき》した。それ以来、恋愛にはうっすらとネガティブなイメージが付きまとっていた。

ナナセに対して、初めに抱いたのは断じて恋心ではない。関心よりも興味、そして興味よりも同情に近かった。刑務官という馴染《なじ》みのない仕事をしている彼女が、どこで何をし、何を考えているのか知りたかった。知った上で自分にできることをしてやりたかった。

川越少年刑務所をストリートビューで調べたのは、毎週水曜の約束をしてから二日後のことだ。一見ごく普通の中学校か高校のように見えたが、すべての窓に鉄格子《ごうし》がはまっていることに気づき、心臓のあたりが鈍く痛んだ。

約束の前日になって、連絡先を聞いていなかったことを思い出した。だが先週と同じ時刻に相席居酒屋の前へ行けばいいだけだと気づいた。

我聞が時間ちょうどに着くと、ナナセはすでに店の前で待っていた。

「早いですね」

「五分前の五分前行動が癖になってるの」

彼女は真面目な顔で答えた。

「どうして刑務官になろうと思ったんですか?」

駅前の安いイタリアンレストランに向かって歩きながら尋ねた。落ち合った直後にする質問としてはふさわしくないかもしれないとも思ったが、それでも知りたかった。

「どうしてだろうね」

前を向いたまま、ナナセは他人事《ひとごと》のように言う。

「採用試験の時に、面接対策で志望理由とか将来の展望とか、しっかり考えたけど。あんなの建て前だもんね」

「本音はどうなんですか？」

「うーん……」

彼女はしばらく考え込んでいた。

「はっきりこうだとは言えないけど。例えば我聞くんみたいに、良心とか責任感がちゃんと育ってる人って、他人がいちいち手助けしなくても正しい道を歩めるでしょ。でも、私が普段接してる子たちは違う。何が法律違反なのか理解してないタイプもいるし、理解してるけど罪悪感がないタイプもいる。理解してるし罪悪感もあるけど、それでも犯罪をやめられないタイプもいる。だけどそういう子たちを、私がしっかり指導して社会の一員にしてあげられたら、その子のためにも社会のためにもなるじゃない。そして私が更生させた子たちが、将来いろんな場所で仕事をするようになったら、私の手によって何十人分もの大きな力が働くことになるじゃない。それって、すごくやりがいのあることだよ」

こんな感じかなと言って、ナナセは再び口を閉ざした。

我聞はあっけに取られた。同じ公安職でもこれほど考え方が違うものなのかと、まるで自分の知らない道が目の前で照らし出されたかのようだった。

街を犯罪者から守るために、警察官になることを選んだ。平和な世界から危険人物を排除することこそ、最も重要だと信じていた。被疑者として検挙した危険人物のその後のことなど、一度も気にかけたことはなかった。しかしナナセのような人間がいるから、出所後に約半数の前科者は罪を繰り返さずに済んでいるのだ。そして彼女の言う通り、その一部は社会人として立派に世の中の役に立っている。

「どうしたの」

思わず立ち止まると、振り返ったナナセに訊かれた。

「何でもないです」

胸を打たれたことを隠したくて、いつもより無愛想に答えてしまう。

「……俺、頑張っていい警察官になりますね」

「どうしたの急に。楽しみにしとくよ」

ナナセはからかうような笑みを浮かべた。

客も店員も高校生と大学生ばかりのその店で、彼女はミックスグリルと大盛りのアラビアータを食べた。会計の時にまたしても自分の分を支払おうとしたから、我聞は「いいです」とその手を押しとどめた。

「ううん、悪いよ。この前の自販機の男の子の時といい、単に財布を出すのが好きなら話は別だけど」

「そういうわけじゃないですけど……」

「我聞くんにとっては、ただの暇つぶしかもしれないけど。あなたとご飯を食べることが私の楽しみにもなってるんだよ」

「えっ」

今、なんて言った。

一瞬放心した後、やった、と思わず小さくガッツポーズをした。またガキっぽいと思われたかなと、慌てて拳《こぶし》を後ろに隠す。

「……俺、楽しい奴だなんて言われたの初めてです」

「あなたが楽しい人だとは言ってない」

ナナセはばっさり切り返した。

「仕事上、私は人の親切心とかおせっかいに触れる機会が少ないから。あなたを見てると新鮮で、それが楽しいの」

「……そうですか」

自分が楽しい人間ではないことは自分が一番わかっていたが、少しがっかりした。肩を落とした我聞を前に、「それとね」とナナセは言葉を続ける。

「あなたが親切なことは、私がよく知っている。あなたが人助けに失敗したり、そのせいで誰かに嫌われたりしても、私はきちんとあなたのことを見ている」

「……ありがとうございます」

誰かに見られたり、褒められたりしたくて人助けをしているわけではなかった。しかし今まで自分がしてきたことは間違っていなかったのだと、認めてもらえたようで胸が熱くなった。

店を出た後、連絡先を交換した。「朝倉ナナセ」という登録名の上に浮かぶアイコンは、どこかの海辺の写真だった。人の気配がない、なんとなく寂しげで冷たい感じがする海だ。別れて一人で電車に乗り込む時、いつだったか吉永に言われたことを思い出した。

「お前はクールぶってるけど、案外わかりやすいよ」

確かにそうなのかもしれないと納得しながら、スマートフォンをポケットに滑り込ませた。来週はどこへ行こうかと考えながら、電車の窓に映った、いつもより嬉しそうな自分の顔を見ていた。

三月の半ば、ナナセは約束の時刻を十分ほど過ぎてからようやく現れた。五分前の五分前行動を心がけているはずの彼女が遅刻してくるのは初めてだった。

「ごめんね待たせて」

「あったかいから大丈夫。もうだいぶ春ですよ」

「確かに。先々週まで着てたオレンジ色のダウンジャケット、目印になってわかりやすかったのに」

ナナセは残念そうに笑う。「今日は海鮮丼が食べたいな。五百円のやつ」そう言って歩き始めた。

「体調、悪いんですか」

できる限りさりげなく尋ねた。隣にいる彼女の顔が、いつも以上に白っぽく見えたからだ。肌の白さというより、血の気がない青白さを感じた。

「二日目なんだよね、今日」

ナナセは何気ない口調で言った。

一瞬、意味がわからなかった。理解が追いついてから、ない知識を振り絞ってかけるべき言葉を探す。

「薬とか、飲んだ方がいいんじゃないですか。冷やしたらダメだって、あ、これ」

貸そうとしたパーカーが脱げず、こんな時に限ってじたばたしてしまった。

くくく、とナナセが声を押し殺して笑った。目尻ににじんだ涙を指先で拭《ぬぐ》いながら「我聞くんって、本当にお人よしだよねえ」と言う。

「え」我聞はたじろぎ、「あの、これ」と脱いだパーカーを差し出した。

「ごめん、さっきのは嘘。ちょっとからかいたくなっただけ」

ナナセはまだ笑いを堪えている。

「嘘?」

「そう。ごめんごめん」

彼女はごめんを二度繰り返したが、その口調は軽さというよりも、申し訳なさを強調しているように聞こえた。余計に真意がわからなくなる。

パーカーを羽織り直している間に、ナナセがまた口を開いた。

「私、今の職場に移ったのは去年でさ。その前は拘置所にいたって、この間、話したよね」

「はい」

「そこで今くらいの時期に、結構きつい仕事を任された日があったの。だから気温とか空気の匂いが春に近づいてくると、その時のことを思い出すようになってさ。夢に出てくる気がして、あんまり眠れなくなるの」

「それは」我聞は咳《せき》払いをした。

「それは大変」

「でしょ。でも毎年のことだから大丈夫」

どこか上の空で呟き、ナナセは我聞から視線をそらした。

さっき以上に、どんな言葉をかければいいのかわからなかった。刑務官の仕事について調べた時に、目が留まった一文を思い出した。

【死刑執行に携《たずさ》わる刑務官の精神的ストレスについて】

絞首刑《こうしゆけい》を採用している日本では、三つのボタンのうち一つが死刑囚の立つ踏板と連動しており、三人の刑務官がそれらを同時に押すことによって、踏板が外れて刑が執行される仕組みになっているという。ボタンが複数個あるのは、自分が死刑囚を殺したという罪悪感を刑務官に植えつけないためだ。しかしそれでも強いショックを受け、鬱《うつ》病を患《わずら》ってしまう刑務官は少なくないらしい。

行きたいと言っていた海鮮丼の店に入ったが、ナナセは半分ほど食べ残して「ごちそうさま」と箸を置いてしまった。まるで小鳥のように少しずつ、グラスから水を飲んでいる。表情が硬かった。

話を聞いてやれないことが、途方もなく悲しくなった。守秘義務という、普段は国民の役に立っているはずの制度が憎い。

家まで送ると申し出たが、ナナセは「大丈夫」と言って一人で帰ってしまった。

電車に乗ってから、スマートフォンを開いてカレンダーのアプリを睨《にら》んだ。警察学校の入校式が行われる日を考えると、ナナセに会えるのは次の水曜日が最後だ。

自分の気持ちを伝えるべきなのか、どうしてもわからなかった。寮に入れば、自由に外出できなくなる。連絡だってこまめに取れなくなってしまう。できることならナナセの支えになりたかったが、会う時間が確保できるかもわからない自分が今、そう望むことは限りなく無責任なことのように思えた。

結局、当日までに答えを出しきれなかった我聞は「これは主観的な意見に基づいた提案なのですが」と、非常に格好悪い出だしの告白をすることになってしまった。

夜のファストフード店は部活帰りの学生たちで賑わっていた。そういえば俺たちはいつも学生に交じって食事をしているなと、頭の片隅《すみ》で思う。自分だって、まだほとんど学生みたいなものだが。

「ナナセさんのことが好きです。これからは週に一度のメシ仲間じゃなく、彼女になってほしいと思っています。ですが俺は来週から警察学校に入るため、色々と生活に不便が生じます。あなたが落ち込んでいる時に、そばにいられない日がたくさんあるでしょう」

ナナセは目を丸くしていた。細い指先でつまんだフライドポテトが、ぽろっとテーブルの上に落ちる。

「俺はあなたの言葉を聞いて、いい警察官になる努力をする覚悟を決めました。余裕ができるまでに時間がかかると思うけど、絶対大切にします。俺と付き合ってください」

「長い」

ハンバーガーが乗ったトレイに視線を落としてナナセは言った。「長いって」うつむいた顔から、ぱたぱたと涙の粒が落ちた。

「私、不安定なのは嫌い。そうは見えないかもしれないけど、早く身を固めたいタイプだよ」

「わかりました。大丈夫」

手を伸ばし、ナナセの頰を拭った。

「絶対に大丈夫。だって俺たちは」

「安定の公務員だから？」ナナセがくすりと笑う。

店を出た後、所在なげに揺れるナナセの手を探して握った。一瞬のためらいの後に軽く握り返されたその時より幸せな瞬間を、我聞は後にも先にも知らない。

駅についても離れがたかったが、引っ越しの準備があるため解散を引き延ばすわけにはいかなかった。遠ざかるナナセの背中が見えなくなるまで、改札を通らずにその後ろ姿を見ていた。


警視庁巡査の制服に袖を通し、警察学校の入校式に出席した。まだ慣れないスポーツ刈りの頭に、真新しい制帽を被る。式が行われたのは入寮から一週間後だったが、すでに二十人近くが退職していた。

訓練が厳しいという噂は聞いていたが、その実態は想像を絶するものだった。起床しては布団の畳み方が汚いと怒鳴られ、グラウンドに集合すれば遅いと怒鳴られ、髪が乱れていると怒鳴られ、点呼の滑舌《かつぜつ》が悪いと怒鳴られ、国歌斉唱の声が小さいと怒鳴られ、走り込みの隊列が汚いと怒鳴られ、タイムが悪いと怒鳴られ、着替えが遅いと怒鳴られ、階級章が曲がっていると怒鳴られ、敬礼の角度が浅いと怒鳴られ、メシを食うのが遅いと怒鳴られ、座学中に居眠りするなと怒鳴られ、廊下を曲がる動きが鈍いと怒鳴られ、歩幅が揃っていないと怒鳴られ、入浴中もちんたらするなと怒鳴られ、清掃が甘いと怒鳴られ、机の上が散らかっていると怒鳴られ、ようやく消灯時間になったかと思えば、気絶するように眠った次の瞬間には、スピーカーから校歌が流れて起床を知らせる。そしてまた布団の畳み方が汚いと怒鳴られる。

「お前なんかいらん」

「早く辞めちまえ」

「こいつはもう終わりだ」

数えきれないほど罵倒《ばとう》された。現場に出れば否《いや》が応でも過酷な環境に身を置くことになるのだから、自己防衛力を培《つちか》うための厳しさだということは理解している。しかし来る日も来る日も何の娯楽《ごらく》もなく、気が休まる瞬間もなく、一人きりの時間もないとなると、やはり徐々に心が塞いでいった。

食事が喉を通らなくなった者が栄養失調で倒れ、辞めざるを得なくなった。ストレスで不眠症に陥《おちい》った者もいた。疲労のあまり浴場で気絶した者もいた。

ある時はクラスの一人が階級章を留めるためのネジを失くし、教官の指示の下、休日を返上して同期全員で学校中を捜索することになった。日が暮れる頃になってネジはグラウンドの砂埃《すなぼこり》の中で見つかったが、そのクラスメイトは責任を感じて翌日の朝に辞表を出した。「辞めたい奴は辞めろ」教官は引き止めなかった。

登山大会や射撃訓練、逮捕術の指導、剣道のトレーニング、華道の授業。数えきれないほどの試練が日々を埋め尽くした。頑張ろうぜと声を掛け合った仲間が、次々に振り落とされていった。周りを気にかける余裕などなかった。

指導強化月間——地獄《じごく》の一カ月と呼ばれる期間が終わると、ようやく外出が許された。スマートフォンの電源を入れると、膨大な量の通知で手の中が雪崩《なだれ》のように震える。

『可愛《かわい》い婦警がいたら紹介してくれ』

吉永からのメッセージには気が抜けた。バカなこと言うな、と後で返信することにして、別の人物に電話をかける。

『我聞くん』

「今終わった。そっちまで行けばいい？」

『うん、駅のロータリーに車停めて待ってる。お疲れ様』

柔らかい声が耳をくすぐる。涙腺《るいせん》が緩みそうになるのを堪えた。

妹と共用らしい黒い軽自動車の前にナナセは立っていた。すらっとしたその姿は一羽の鶴《つる》のようだ。我聞が駆け寄ると彼女は手を伸ばし、うなじの短い髪を軽く撫でた。

「どうだった？」

「余裕……って言えたらいいけど。覚悟してた十倍はきつい」

「剣道の授業もあるんでしょ？　それもきついの？」

「いや、術科のクラスでは俺はかなり強い方」

「やな感じ」

ナナセはおかしそうに笑った。彼女の体調が回復しているように見えて我聞は安心した。たった二日間の休暇は瞬《またた》く間に終わってしまった。「これからは毎週会えるの？」と尋ねるナナセに、わからないとしか返せないことがやるせなかった。それでも絶対に連絡すると約束して、引かれるほどの長さもない後ろ髪を引かれる思いで寮に帰った。

入校して二カ月が経《た》つと、退職する同期も減り始めた。指導強化月間でふるいにかけられ、体力に自信がない者、メンタルが弱い者、責任感に欠ける者はすでにいない。地を這《は》い、泥水を啜《すす》ってでも警察官になってやるという固い意志を持つ者のみが訓練に必死で食らいついていた。怒鳴られてもへこまず、態度や行動を改めることだけに意識を集中させる。すると辛い、苦しいといった感情に振り回されずに済むようになった。体力的にも精神的にも、自分が強くなっていくのがわかった。

半年間の初任科を終えると、今度は現場での職場実習が始まる。渋谷《しぶや》署の駅前交番に配属されることになったと告げると、ナナセは「大都会だ」と目を丸くした。

「私ね。警察学校が全寮制でよかったって、最近思うの」

「どうして?」

「我聞くんが帰ってくるたびに逞《たくま》しくなるのがわかるから」

「ナナセは俺と会うより俺がムキムキになる方が嬉しいのかよ」

「当たり前でしょ」

　ナナセはあくびをして我聞に寄りかかった。

「だって強くなってくれた方が、私以外の人のことも守れるようになるじゃない。そしたら私は誇らしいし、何より我聞くんの夢が叶うでしょ?」

「それはそうだけど」

　俺のためを思っているのか、それとも俺が貢献する社会のためを思っているのかよくわからない。けれど構わなかった。そういうところも含めて俺はこの人のことを好きになったのだと、一層迷いなく思えた。

　交番に配属され、現場に出て初めて、警察学校で学んだことが完全に身についた。頭の中にある知識をパズルのように組み合わせれば、臨機応変な対応が可能になる。術科で習った通りに動けば、恐れる必要もなくなる。どんな緊急事態やトラブルが発生しても、慌てるより先に術科や教練で習ったことを思い出せるようになった。

三カ月の職場実習の後、初任補修科生として再び学校に戻った。今度は職務質問の方法や調書の巻き方などの実践《じっせん》的な授業が中心だ。警察官としての初期段階である、地域課の巡査になるための最後の仕上げだった。

二カ月間の補修期間が終わると、教官は言った。

「お前たちは約一年間、同じ志《こころざし》を持った仲間と共に厳しい指導に耐えてきた。これから配属先でも苦難は無数にあると思うが、絶対に気概《きがい》を絶やしてはならん。甘えは一切通じないということを忘れるな。都の安心安全を守ることを第一に考え、何かあったらここにいる仲間を迷わず頼るように。以上。敬礼！」

張り詰めた空気が一斉に動く。最後のホームルームが終わった。

我聞の初任地は、職場実習と同じ渋谷署の駅前交番だった。

初めの一年は慌ただしく過ぎた。署の宿舎に入ったことにより、警察学校の頃よりもナナセの家との距離が開いてしまった。交番員は三交代制だが、刑務官は昼間勤務と夜間勤務を交互に繰り返している。予定を合わせることは難しかった。

それでもどうにか時間を作って、二週間に一度は会うようにしていた。記念日を当日に祝うことができなくても、遠くへ旅行することができなくても幸せだった。

生活安全課への異動辞令が出たのは、渋谷署の地域課に勤めて二年半後の九月だった。

生活安全課と聞いて、まず始めに頭に浮かんだのはナナセのことだ。

「未成年の事案を担当することが増えるかもしれない」

我聞がそう話すと、「ほんとに？」と彼女は目を見開いた。

「私たち、いつの間にかすごく似た仕事をするようになってる」

そう言って、嬉しそうに笑う。なんのつもりか、大きさを比べるように我聞の手のひらに自分の手のひらを合わせてきた。身長は同じくらいなのに、ナナセの手は細く、面積が狭かった。皮膚《ひふ》も爪も格段に薄かった。

「……似た仕事なのに、私たち、ずいぶん違う」

依然として微笑《ほほえ》んではいたが、彼女はどことなく寂しげだった。

出会って三年半が経つが、ナナセは未だに川越少年刑務所に勤めていた。道を誤った未成年を保護すること。彼ら彼女らを更生させ、社会の一員としての復帰を手助けすること。その二つに日々追われているようだ。一般刑務所や拘置所よりも向いているのかと訊くと、わからないと言って首を横に振る。「刑務官の仕事が向いている人なんていないと思う」と、自嘲《じちょう》気味に笑うこともある。

「我聞くん。私たち、そろそろ一緒になることはできないのかな」

生安課への異動辞令から一週間後、洋菓子店で買ったケーキを前にナナセは呟いた。身をかがめ、マッチで火をつけたロウソクをフッと吹き消す。彼女は三十歳になっていた。

「仕事の内容も変わったし、ちょうどいい機会じゃない？」

誕生日の願い事のように言われ、我聞はぎくっとして首をすくめる。

ナナセと結婚したくないわけではなかった。ただ、もう少し警察官としての地位を確立してから、しかるべき時に切り出したかった。とはいえここ最近、彼女の思いに素知らぬふりをしていたのは自分だ。告白した時「早く身を固めたいタイプだよ」と言われ、「わかりました」と承諾したのも自分だ。

三年付き合ったから結婚する義務があるとか、急に何を言い出すんだと怒る権利は俺にはないとか。そういう考え方をしてしまったことが嫌だった。溜め息をつき、卓上のケーキを見つめる。ロウソクから伝い落ちたロウが、生クリームの上で冷えて固まっていく。

「……もう少し、待ってほしい」

絞り出すように呟くと、ナナセは「わかった」と無表情で顎を引いた。

生活安全課の業務は多忙だった。銃刀法や不正アクセス禁止法やストーカー規制法など、刑法では取り締まれない事案をたった一つの課ですべて受け持っているのだ。忙しさは尋《じん》常《じょう》ではなかった。

少年事件に携《たずさ》わることももちろんあったが、それより違法な貸金業や風俗の捜査に駆り出されることが多かった。「これは爽やか枠の仕事だ」と、小学校や公民館で行われる防犯教室の進行を任されることも増えた。「司会役よろしく」と頼まれた時は特に何も考えずに引き受けたが、後になって、当日用の台本や小道具は勤務時間外で作成しなければならないことを知った。休日も作業に追われ、宿舎に籠る必要が出てきた。

『今日はお休みだって言ってなかった？』

ナナセからのメッセージを読むのが心苦しく、気づかなかった振りをして『体調が悪かったんだ』と翌日に返信した。

なぜ嘘をついているのか、自分でもわからなかった。素直に話せば、きっと理解してくれるはずだ。しかし言えなかった。どんな雑用も断れずに引き受けてしまっていることを、知られたくなかったのだ。フェルトや縫い針を使ってパペットを作っている姿など見られたくなかった。

今すぐ結婚するわけにはいかないが、ナナセが離れていってしまうことには耐えられない。同時に、彼女が俺に愛想を尽かすわけがないという根拠のない自信を持ってもいた。

つまりはうぬぼれていたのだ。

気づけば季節が一周していた。テーブルの上に乗ったケーキを見た我聞は、この一年間の出来事がすべて夢だったかのように感じた。

「去年の私が言ったこと、覚えてる？」

ナナセに訊かれて我に返った。

「もちろん覚えてるよ」

反射的にそう答えてから、記憶を辿《たど》ってふと行き詰まる。思い出せなかったのだ。さすがに度が過ぎたと思った。少しばかり、仕事に夢中になりすぎたのかもしれなかった。謝ろうとして顔を上げると、彼女はフォークを持ったまま静止している。その手首が、以前より細くなっていることに我聞は気づいた。

「……体調、悪いのか」

尋ねた途端に、四年前の記憶がはっきりと蘇《よみがえ》る。去年のことはすぐには思い出せなかったのに不思議だ。あの時と同じようにナナセは青白い顔をしていたが、もう冗談は言わない。唇を薄く割って「ようやく気づいた？」と、消え入りそうな声を発するだけだった。

窓の外を、一羽のカラスが鳴きながら飛んでいく。

「……薬を、飲んだ方がいいんじゃないか。グラスに水を入れてこようか」

「違うの」

静かだが、息の根を止めるような強い口調でナナセは言った。

「今、ちょうど仕事が大変な時期なの。やっかいな事情を持つ子が一人、入ってきて。同性の刑務官には心を開かないから、私が担当することになったの」

顔を上げたナナセの、頰のあたりのきめ細かさが失われていることに我聞は気づいた。そういえば大量の食事をとることもなくなったなと、他人事のように思う。もちろんナナセは他人に違いなかったが、自分たちは恋人なのだから、顔を見れば相手が何を考えているのかわかるはずだった。四年半も付き合っているのだから、意思疎通ができて当たり前だと思っていたのは俺だけだろうか。

「我聞くんは、クールぶってるけど案外わかりやすいよね」

ナナセが頭の中を見透かしたように言った。

「私の考えてること、わかる？」

まっすぐに目を見て尋ねられ、息ができないまま首を横に振る。目の前にいるこの女は誰なのだと、一瞬、思った。ほんの一瞬だけだ。

「私は、我聞くんの考えてることわかるよ」

ナナセは口元を震わせて言った。泣くのを堪えているようだった。

「私があなたのそばを離れるわけがないって、思ってるでしょう。その通りだよ。あなたのことが大好き。でもね、ちょっと疲れちゃって」

彼女が皿にフォークを置くと、カチャリと硬い音がした。

「最近、ようやく気づいたの。あなたがいい警察官になるってことは、私と一緒にいる時間が減るってことだったんだね。なのにそれを応援して、私、バカみたい」

「そんなこと言わないでくれ」

思わず椅子《いす》から立ち上がると、ナナセに肩を摑まれた。彼女の指は布地や皮膚をも体温で溶かし、骨にまで深く染み入ろうとしていた。

「私のことは二の次でいいから……いい警察官になってね」

我聞は唖然とした。先ほどとは別の意味で、そんなこと言わないでくれ、と思った。理解を示してくれることはもちろん嬉しい。しかし今は「仕事なんてどうでもいいから、私のいい彼氏になって」と言われるものと思っていた。

ナナセの細い体を抱きしめた。「ごめん」と、気持ちの深さが伝わるように腕に力を込めた。

「……もう少し、待ってくれ」

その言葉の残酷《ざんこく》さは理解していた。しかしそれ以上のことは言えなかった。腕の中で、彼女が力なく頷く。我聞の服の胸の部分が、じわりと温かく湿った。

次の日から、生安課での雑務をできるだけ後輩に割り振ることにした。「サボりを覚えてんじゃねえぞ」と上司には小言を言われたが、ナナセと過ごす時間が増えると思えば気にならなかった。

年が明けてから、彼女はますますやつれたように見えた。例の「やっかいな事情を持つ子」に手を焼いているのか、一緒にいてもすぐに「疲れた」と目を伏せてしまうことが増えた。そんな調子で刑務官の仕事が務まるのかと思ったが、どうやら職場ではいつも通りに働いているらしい。俺のそばでは自然体でいてくれているのかと思うと嬉しかったが、心配なことに変わりはなかった。

「春になるのが怖い」

十一月のある日、毛布にくるまってナナセはそう呟いた。なぜかと我聞が尋ねると、「嫌な仕事を思い出すから」だと言う。

拘置所で働いていた頃のことについて、彼女が口にするのは約五年ぶりだった。「嫌な仕事」が何なのか予想はついていたが、守秘義務のことを考えると迂闊《うかつ》には尋ねられなかった。触れてはならない話題だったのだ。彼女が自ら言わない限りは。

「大丈夫、俺がついてるから」

そう言って優しく背中をさすると「でも、あなたは何も知らないじゃない」と返される。

「確かに、俺は何も知らない。でも力になりたいと思っている」

「……本当に？」

ナナセはしばらく黙っていたが、やがて何かに取り憑《つ》かれたように話し始めた。

「その日は桜の開花宣言の翌日だったの。勤務時間が終わると幹部の職員が一人で刑場の壁際に立っていて、今からここを綺麗に掃除するようにと言った。掃除はいつもすることだから、私は特に不思議にも思わず返事をしてモップを手にした。刑場には私の他にも刑務官が二人いて、片方は先輩、もう片方は同期。どちらも男性だった。私たちは並んで直線状にモップをかけ、隅の細かなところは濡らした雑巾で拭いて、普段通りの掃除を済ませた。いつもと違うのは、幹部が邪魔にならないところでずっと私たちを見ていることだった。モップと雑巾を丁寧にかけ終わっても、幹部は何も言わない。そこでようやく何かがおかしいと気がついて、でも尋ねるのは怖かったから、私は何も言わずに刑場の隅で床を磨き続けることにした。そこには魚に似た形の小さな黒い染みがあって、私は多分、拘置所に配属された時から掃除のたびにそれを見ていたのだけれど、こんなにも長い時間まじまじと近くで見たのはその日が初めてだった。鼻先がつくくらい顔を寄せると濡れた埃の臭いがして、ああまだ綺麗になっていないのかもと思い、私はさらに磨こうとした。いくら時間をかけても、染みはちっとも薄くならなかった。額から冷たい汗が一滴落ちるとそれがひどく汚い気がして、もう一度雑巾を濡らしてこようかと思った瞬間、終わりにしなさいと幹部が言った。私たち三人は二階の使っていない古い部屋に呼ばれ、そこでしばらく待機するように言われた。やがて別の幹部の職員がやってきて、これから君たちには三つのボタンを同時に押してもらうと言った。意味はわかるねと言われたけれど、私はなぜ幹部がきちんとそれを言葉にしないのか不思議だった。先輩の刑務官は泣いていて、同期の刑務官は下を向いていた。私だけが前を見ていたから、ふいに幹部に目を覗き込まれた。眼球の表面に私の姿が映っているかと思ったけれどそれを確認するには部屋があまりに暗すぎて、私と幹部はそれから無限にも思える時間を無言で見つめ合ったまま、先輩の刑務官が泣き止むのを待っていた。私たちは暗い地下へ連れていかれ、部屋のドアの前で整列しているように言われた。黙って並んでいると廊下の向こう側から人の気配がして、警備隊の職員たちが近づいてくるのがわかった。カツンカツンカツンという五人分の足音の中に、一人分だけ、ぺったり、ぺったりという音が混じっていることに私は気づいた。警備隊は私たちの前で止まった。ぺったり、ぺったりと男が体の向きを変えて、まず同期の刑務官の手を握った。それから先輩の刑務官の手を握り、最後に私の手を握ったのだけれど、その時になって私はなぜか突然、小学生の頃に給食で好きなおかずを一番最後に食べていたことを思い出した。男は今までお世話になりましたとかすれた声で言ったけれど、私が男の顔を見たのは、その日が初めてだった。私たちは部屋の中へ入って、壁一面を占めるほどの大きな窓から刑場の様子を見ていた。そこには教誨師《きょうかいし》が待機していて、男が入ると穏やかな顔で何か尋ねた。男が答えると教誨師は手を動かして、さあ、と仏壇の前へ男を促《うなが》した。男は手を合わせて念仏を唱え始めた。仏壇の艶々《つやつや》した扉が重油の沼みたいで、描かれた蓮《はす》の色は暗かった。唱え終わると男は警備隊の職員によって踏板まで連行され、後ろ手錠をかけられ、目隠しされ、足首を紐で縛られた。私はボタンに指先を当てた。最期に言い残すことはないかと幹部が言った。男は何か言ったけれど、私にはそれが聞き取れなかった。両脇でそれぞれのボタンに手をかけた先輩と同期の呼吸の音がうるさくて、耳を澄まさなければ、他の音は何一つ聞こえなかった。やがて男が喋り終えると、押せ、と幹部が言って、私は指に力を込めた。ボタンの表面が軽く引っ込んで、けれどそれだけでは作用しないとわかっていたから、考えるよりも先にさらに力を込めた。プシュッという音がしてレバーが下がり、爆発のような音が聞こえて、顔を上げると男の姿が消えていた。あとは検察官の仕事だと言って、幹部が部屋を出て行った。下で死体を受け止める係じゃなくてよかったなと同期が呟いた。しばらくすると私たちに掃除を命じた方の幹部がやってきて、こちらで一緒にご飯を食べようと言った。連れていかれたのは職員が普段から使っているロッカールームで、長机の上には弁当が四つ置かれていた。私たちは無言で座り、弁当にかかっていた緑色の輪ゴムを外した。私が蓋《ふた》を開けても先輩と同期はまだ輪ゴムを外せずにいて、私がじっと見つめていると、朝倉さん、と幹部が言った。私は二人の輪ゴムを外してやり、蓋を開けて箸を割った。先輩が箸を落としてしまったから、自分の分を差し出し、床から拾った方に息を吹きかけて使うことにした。弁当の隅には小さな桜餅《もち》が入っていて、それで今が春だと思い出した。これから先、私は桜を見るたびに今日のことを思い出すのだろうと思った。私は桜餅を始めに食べてしまうか迷い、結局最後まで取っておいた。食事を終えたのは四人の中で私が一番早くて、もう帰っていいですかと尋ねると、構いませんと幹部が言った。私は着替えて拘置所の駐車場へ向かった。風がざらざらしていて、花粉だと気づくとくしゃみが出そうになった。私は駐車場の手前まで歩き、そこにあった側溝へ、弁当の中身をすべて吐いた。顔を上げると空から淡い色の小さなものが降ってきて、それが何なのかわかる前に、手をめちゃくちゃに振り払って車に乗って帰った」

うつろな目でナナセは続ける。

「あの子――私が今担当している子は自分の状況に絶望していて、死刑にしてくれないかなと毎日私に訊いてくる。そのたびに、私はあの日のことを思い出す。目の前で繰り返される。もう訊いてほしくない。あなたが死刑になることはないと何度も言った。それでもあの子は訊いてくる。反省なんかしてない。誰かに殺されるか自ら死ぬかの瀬戸際にいる時に、人は人のことなんか気遣えない。私だって助けたいと思ってる。あの子を救ってやりたいと思ってるの。でも力がない。言葉で追い詰められるばかり。もう嫌。嫌なの。毎日、毎日、私が少しずつ、あの踏板に向かって進んでいるみたいで」

「ナナセ」

我聞は肩を揺すった。ごく弱い力でも簡単に揺れるほど、彼女は衰弱していた。

「俺と結婚しよう。それで仕事を辞めればいい」

「結婚？」

それが望みだったはずなのに、ナナセは未知の単語のように繰り返した。「結婚ね」と、今度は幾分はっきりした声で呟く。

「我聞くん、同情してるんだね」

「違う」

反射的に言い返したが、すぐに「そうだ」と訂正した。隠す必要なんてない。

思えば、初めてナナセに近づいたのも同情心からだった。可哀想《かわいそう》だと思うこと、助けてやろうと手を伸ばすこと。それの何がいけないのだろうか？

「我聞くんには私の気持ち、一生わからないままだと思うよ」

ナナセは疲れ切った声でこぼした。

「でもありがとう。結婚してくれるのね」

そう言って、細い腕を我聞の腰に回した。


「小野寺」

生安課長に呼び止められた。

「はい。何でしょう」

足を止めた途端に、なぜだか嫌な予感がした。

「お前、署長推薦が出てるぞ」

「署長推薦?」我聞は訊き返す。一瞬、意味がわからなかった。

生安課長はデスクを回り込んできたかと思うと、嬉しそうに我聞の肩を叩いた。

「よかったなあ。お前、刑事課に興味あるって言ってたじゃないか。でっかいチャンス到来ってやつだ。後で署長室まで挨拶《あいさつ》に行っとくんだぞ」

そう言って、鼻唄を歌いながらオフィスを出て行ってしまう。嵐が過ぎ去った後のように、我聞はしばらくぽかんと立ち尽くしていた。

いつか刑事になりたいとは考えていたが、こんなにも早く機会が訪れるとは想定外だった。嬉しくないわけではない。むしろ飛び上がりたいほどだ。ただ、脳裏に浮かんだナナセの顔に胸を締めつけられた。

「話があるんだ」

週末に恐る恐る切り出すと、彼女はさっと顔を強張らせた。

「違う違う、取りやめにするなんて言わないから」

我聞は慌てて付け足す。

以前のようにとまではいかないが、近頃、ナナセは少しずつ生命力を取り戻し始めたように見えた。とりわけウエディングドレスのカタログを見ている時は、頬に赤みがさすほどだった。

「……取りやめ、ではないんだけど」

再び断りを入れたのちに、違う、これも取りやめと変わらないと気づいた。中止ではないにせよ、一旦《いったん》決めた約束を破るという意味では同じだ。

「……俺、刑事になれるかもしれなくて」

一息に言うと、「すごい！」とナナセは目を見開いた。彼女のそんな表情を見たのは久々だった。

「渋谷署の刑事課なんて、ドラマみたいじゃない」

「ああ。でもそのためには、試験に合格しなきゃならなくて」

「試験？　巡査部長になるための試験とは別なの？」

「別なんだ。刑事になるには、まず警察学校で専門知識を学ばなくちゃならなくて。俺が今度受けるのは、その専門知識を学ぶために警察学校に入るための選抜試験。巡査や巡査部長っていうのは仕事内容に関係ない警察官全体の階級のことで、その昇任試験は、俺が今度受けるのとは種類が違うんだ。そっちも数年以内には受けたいけど」

「……なんか、警察官って試験がたくさんあるんだね」

　ナナセは困惑した様子で呟いた。

「そうなんだ。今度のは特に倍率が高いから、だから……」

　我聞の言おうとしていることを、彼女は理解したようだった。しかし決して言葉を引き継ぐことはせず「続けて」と促す。

「かなり勉強が必要になるから、式場とか、招待客とか……色々決めるの、もう少し先にできないか」

　反応が怖かった。理解してくれるだろうという確信は、いつの間にかなくなっていた。ナナセといると自分が強くなったような気がして、でも反対に弱くなった気もする。無言で返事を待つしかなかった。

「……わかった」

ナナセは静かに頷いた。

「じゃあ、入籍するのも我聞くんが試験を終えてからにしよう。それまでは、私も仕事を続ける」

「えっ？」耳を疑った。

「仕事は、辞めてもいいんだよ」

「ううん、続ける。これからのことを考えたら、貯金は少しでもあった方が心強いでしょ？　それに、最近は元気になってきたし」

そう断言されたからには、引き止めるすべはなかった。そもそも延期は自分が言い出したことなのだ。ナナセの希望をそれ以上無下にすることはできない。

翌日から、仕事の後の時間をすべて勉強に充《あ》てることにした。筆記試験も口頭試問も、例題が夢に現れるほど対策し尽くした。合格した後も気は抜けない。すぐに警察学校での講習が始まり、最終試験の勉強に追われた。ナナセと連絡を取る暇などなかった。

これが終わったら、今度こそ時間に余裕ができる。

そうしたらちゃんと話そう。結婚して彼女を守ろう。

決意が揺らぐことはなかった。そのためにも刑事にならなければならなかった。

最終試験の結果は警視庁から副署長へ、副署長から受験者本人へと伝えられる予定だった。発表当日、我聞はそわそわしながら内線が鳴るのを待った。心臓は普段の何倍もの速度で脈打ち、なのに指先は凍るように冷たい。

「爽やかフェイスも今日はお留守番だな」

上司が皮肉を言った。普段は笑って流せるのに反応できなかった。

デスクの上のスマートフォンが鳴った。考えるよりも先に飛びつき、画面を確認してから応答ボタンを押す。連絡先には登録していない番号だった。

「もしもし」

『あ、小野寺さん？』

一瞬、ナナセがかけてきたのかと思った。声の主は、横浜《よこはま》でスタイリストをしているナナセの妹だった。我聞も前に一度だけ会ったことがある。姉妹は声がよく似ていた。

「ミナミちゃん。どうしたの」

『さっき警察から電話があって、お姉ちゃんが仕事中に車で事故を起こしたって……』

「事故？」

反射的に訊き返した。ナナセが事故？

『病院の名前は教えてもらったけど、私も今から向かうんじゃ着くのが遅くなってしまいそうで……どうしよう……小野寺さん……』

「落ち着いて」

そう言った後で、落ち着く必要があるのは自分だと気づいた。

「俺も今から向かうから。だから落ち着いて」

震える足で立ち上がり、言うことを聞かない手で鞄を摑む。生安課長に事情を伝えて署を飛び出した。タクシーを捕まえ、川越にある病院の名前を告げる。「かしこまりました」と、運転手は穏やかにブレーキを離した。

「スピード上げてください」

スラックスの生地が裂けそうなほど、腿《もも》の上で拳を握りしめる。自分で運転した方が、もっとずっと早く着くに違いなかった。

病院に到着して階段を駆け上がると、何人もの警察官がそこにいた。想像していたよりも大ごとらしく、動揺せずにはいられない。何があった？　どんな事故だ？　そもそもどうして刑務官のナナセが、仕事中に車を運転する必要があるんだ？

奥へと続く通路の手前には、屈強そうな男が一人立ち塞がっていた。警察手帳を見せると、「本署の方？」と言って男は脇によけた。詳しく確認すれば、我聞が川越署の刑事でないことはすぐにわかっただろう。すんなり通れたことは不幸中の幸いだった。

その通路がどこへ続いているのか、足を踏み入れて気づいた。消毒剤の臭いが鼻を衝《つ》く。靴《くつ》の音がやけに響いた。

長く、細い通路だった。手前から二番目のドアに我聞は手をかけた。通路には同じ造りのドアが複数あったが、迷うことはなかった。こっちよ、と中から呼ばれているようだった。

部屋へ入り、中央にあったストレッチャーに手をかける。金属の脚《あし》がキィときしんだ。感覚のない手で、そこにかけられていた布をめくる。

真っ白で美しかった肌は見る影もなかった。その見慣れた手足がなければ、横たわっているのがナナセであることすら、我聞にはわからなかった。

祭壇に立てられた線香の灰が、音もなく崩れた。何も理解したくない、けれど理解するしかない時、人の体からは水分が一滴たりともなくなってしまうことを初めて知った。

息を吸うと、乾いた風のような音が喉の奥で鳴った。ポケットの中で、スマートフォンが震える。

「はい」

惰性《だせい》で応答する。副署長の声が、最終試験の合格を知らせた。

「安藤廉《あんどうれん》が当時収容されていた雑居房内ではいじめが発生していて、そのうちの一つが、やかん十杯分の冷水を彼に一気飲みさせることだったそうです。他にも歯ブラシで便器を掃除したり、食事に精液をかけたりと、とにかく多岐にわたっていたようで……。通常の房ではいじめられっ子が複数いて攻撃が分散されるそうですが、安藤廉の場合は、他の七名から集中的にいじめを受けていたようです」

グラスの底の形をした水滴をペーパーナプキンで拭き取り、服部美和《はっとりみわ》は抑揚のない口調で言った。

「事件当日、安藤廉は脱水症に陥っているところを点検中の刑務官によって発見されました。意識が朦朧《もうろう》としており、すぐにでも救急搬送する必要があったそうです。しかし彼は家庭内暴力やいじめのトラウマから強い同性恐怖症を患《わずら》っていて、男性の刑務官が介助しようとすると激しく抵抗し生命の危険があったといいます。また同時刻に市内の繁華街で大規模な火災が発生したことにより、救急隊の到着が大幅に遅れていたそうです。そこで女性刑務官三名が公用車に同乗し、一人が運転席、残り二人が後部座席で彼の左右を挟んで搬送することになりました」

我聞はうなだれ、両手で顔を覆う。

「続けますか?」

服部美和の声に無言で頷いた。

「二年前の一月二十八日午前七時三十分頃、車は川越少年刑務所から川越救急病院に向かって発進しました。しかし久保《くぼ》川沿いの路上にて突如左にハンドルを切り、ガードレールに衝突。横転して川に転落しました。運転席にいた女性刑務官は衝突死、後部座席にいた二名は溺死《できし》。安藤廉は命に別状はありませんでしたが頭を十針縫う怪我を負い、現在も解《かい》離性健忘《りせいけんぼう》の状態が続いています」

「そこで記憶が……」

「はい。運転手の刑務官は事故の数カ月前から精神的に不安定な様子だったと刑務所の職員が証言したことから、裁判で弁護側は事件性なしとの見解を示しました。しかし安藤廉が搬送時に意識不明の状態ではなかったことから、検察側は彼が脱走を図り、何らかの方法で女性刑務官に無理矢理ハンドルを切らせたものと主張しています。車に乗せられる際に安藤廉には手錠がかけられていましたが、検察側の実況見分調書によると、ある程度の身動きは可能だったそうです。しかし何しろ当事者たちは話ができない状態なので、真相はわからず。安藤廉には懲役十年が言い渡されましたが控訴はなく、捜査は膠着《こうちゃく》状態のまま打ち切られました。彼を服役囚《ふくえきしゅう》捜査加担措置の対象者としたことが、今年に入ってから唯一の大きな動きです」

　我聞の脳裏に、当時のことが蘇った。川越署の刑事に、事故直前のナナセの様子を訊かれたのだ。

「彼女は確かに不安定でしたが、運転中に判断を誤るような状態ではなかったはずです」

　そう述べるのが精いっぱいだった。

　裁判も傍聴した。週刊誌やワイドショーで取り上げられ、死してなお名前や顔をさらされたナナセと違い、法律によって実名報道を免《まぬが》れた「少年A」のことが許せなかった。姿を見なければ気が済まなかった。死んでくれと願わねば気が済まなかった。

　裁判当日、法廷のドアを開けて我聞は絶句した。

　被告人が座る椅子や証言台は半透明の衝立《ついたて》で覆われ、傍聴席からその顔が見えない仕様になっていた。重罪犯であるはずなのに、隠され、守られている。ただ未成年だというだけで。生きた日が浅いというだけで。

「被告人に確認します。読み上げられた起訴状の中で、間違っていることはありますか？」

「だから――、覚えてないってば」

衝立の向こうから聞こえた、声変わり前の少年の舌っ足らずなその物言いを、絶対に忘れるものかと誓った。奴が娑婆《しゃば》に出て、再び罪を犯そうものなら、何があっても捕まえて償《つぐな》わせると決めた。

裁判の一週間後から我聞は仕事に復帰したが、捜査でも取調べでも、以前の質を保てなくなってしまっていた。防犯教室の司会も、もはや任されることはなくなった。

昇任試験の勉強で気を紛《まぎ》らわせた。仕事以外の時間をすべて勉強に充てていると、刑事試験の対策をしていた頃に戻ったような気がした。湯気の立つマグカップを持ったナナセが、今にも目の前に現れそうだ。そうなったら、今度こそ「もう少し待て」とは言わないだろう。今すぐにでも結婚しようと抱きしめて、どんなに嫌がられても決して放さないだろう。

来る日も来る日もそんな幻想を見ていたら、手の皮膚を掻《か》く癖がついた。始めはひっかく程度だったそれは徐々にひどくなり、やがて皮膚の下の肉まで爪でむしるようになってしまった。試験対策用のテキストに血がにじみ、拭き取りながら勉強せねばならなくなった。精神科に通い、癖そのものはどうにか落ち着かせることができたが、左手の親指から手首にかけては今でも皮膚が赤く変色している。ひときわ執拗《しつよう》にむしってしまったらしく、どんなに強いステロイド剤を塗っても治らなかった。

巡査部長に昇任して池袋《いけぶくろ》署への異動が決まった時、配属先が地域課であることにほっとした。目の前の仕事に没頭することで、どうにか気を紛らわそうとした。

「可哀想に――――お巡りさん、誰かを守れなかった経験があるのね」

通り魔の被害女性にそう言われた時は、気が動転しそうだった。

「あなたはいつか、もっと大きな事件で誰かを救うことになるんでしょうね」

そんなことを言われても、「いつか」なんて思い描けなかった。今年になって刑事課への異動辞令が出ることなど、夢にも思わなかった。

「大丈夫ですか」

服部美和に尋ねられ、我聞は我に返った。

顔を覆ったまま答える。手をどければ、表情だけですべて伝わってしまう確信があった。

「大丈夫です」

「……あの、小野寺さん」

「わかってます。絶対に口外しません。服部さんは、俺の勝手な行動に付き合ってくださっただけで。この先、何かあったら全部俺の責任です。誰に何をされても、今日ここで聞いたことは言いませんから」

顔を上げることはできなかったが、テーブルに映る影が小さく頷くのが見えた。

我聞は半分ほど中身が残ったコーヒーカップを持ち上げ、けれど飲まずに再びソーサーへ戻した。震える手を見下ろしながら考える。あんどれにとっての罪は、俺にとっての罰だと。ナナセを大切にしなかった代償が、奴の出現という形で俺に訪れたのだ。

「……服部さんは、俺について上から何か聞いてませんか」

「小野寺さんについて？」服部美和は目を瞬いた。

「すみません、あまり心当たりが……。あの子に関係のあることですか？」

「いえ。何も聞いてないならいいんです」

平静を装って首を振る。心の中では、一つの疑問が大きく渦巻いていた。

──この措置を実施した上の職員は、いったいなぜ俺と奴を組ませたんだ？

「本当に大丈夫ですか？　顔色が悪いですよ」

「大丈夫です……ありがとうございました」

服部美和に礼を言い、伝票を摑んで席を立った。支払いを済ませて喫茶店を出る。ふらふらと、けれどはたから見ればすたすたと、駅に向かって歩いた。

事故があったあの日から、体の中に内臓があるという認識が消えた。胃も肺も心臓もすべてがどろどろに溶け、皮の内側の骨にへばりついているのは、湿った砂のような後悔と、ねばついた憎しみと、錆《さ》びきった生来の正義感だけだった。その三つだけで重力を受け、体を地上に縛りつけてきたのだ。死ぬ理由がないだけで、生きている意味などありはしなかった。捨て身で現場に挑むことに、いつしか何のためらいもなくなっていた。

スマートフォンが鳴った。

『小野寺』

耳に当てると、阪井《さかい》係長の声がした。

『悪いんだけど、今からオフィスに来られないかな。話したいことがあってさ』

はい、と我聞は答えた。

「出先なので少し遅くなりますが、今から向かいます」

そう言って通話を切った。

駅前で手を上げると、音もなくタクシーが停まる。

「池袋警察署までお願いします」

運転手は黙ってアクセルを踏み込んだ。夜の街の景色が後方へ流され始める。

頭を、今に追いつかせねばならなかった。ああと溜め息をついて、記憶に蓋をする。

――いなくなった者は、価値が高く見える。

ナナセが完璧な女性ではなかったことを我聞は理解している。彼女は志が高く、けれど反対に心は弱かった。常に優しいわけではなく、気が沈むと人をからかったり、八つ当たりしたりした。あなたは私より恵まれていると厭味《いやみ》っぽく言ったり、私は不幸なのだと悲観的に泣いたりすることもあった。大人びているように見えるが、わかりにくい言動で困らされることも多かったのだ。

けれど月日が経つにつれ、頭の中にあるナナセの記憶は徐々に曖昧《あいまい》になっていった。あんなことを言ってくれた、あんな素敵なことをしてくれたと、美化された幸せな場面ばかりが思い起こされるようになった。暗闇に漂う肩口の甘い香りや、「次はいつ会えるの」という電話越しの囁き声を、今でも日々の何気ない瞬間に思い出す。するとたまらなく会いたくなる。

変わり果てた姿のナナセを前にして初めて、我聞は自分が彼女にほとんどのことを伝えずにいたと気づいた。「我聞くんはわかりやすいから」と、その言葉に甘えていたのだ。

タクシーはやがて池袋署の前に停車した。

刑事課のドアの前に、スーツ姿の知らない男が一人立っていた。

「ああ、こんばんは。ご苦労様です」

我聞に気づくと彼はそう言って軽く会釈《えしやく》し、ドアの脇によけた。

オフィスに入ると、阪井係長はいつものデスクチェアに脚を組んで座っていた。我聞に気づくと「遅かったね」と言って立ち上がる。

「蛍光灯、一列しかつけないんですか」

「誰かを見習って、たまには節電しようと思ったんだよ。書類を作成しているわけでもないしね」

阪井係長は薄暗い天井を見上げた。

「急で申し訳なかったが、今日中に訊いておくべきことがあってさ。電話でもよかったけど、小野寺は顔を見た方が何を考えているかわかるから」

「……みんな、同じことを言います」

我聞が呟くと「みんなって、みんなか」と笑い声が響いた。ブラインドの隙間《すきま》から、月明かりが差し込んで足元を照らしている。

「一八三番《ヒトハチサン》、こっちへ来なさい」

影になっていたオフィスの隅に向かって、阪井係長が手招きをした。我聞は振り返って闇に目を凝《こ》らした。

ぺた、ぺたと足音がして、影の中からビーチサンダルを履《は》いた足が現れた。次いで剝《む》き出しになった膝が、Tシャツをまとった肩が。最後に、見慣れた顔が現れた。ぼさぼさの茶色い髪の下で、唾液《だえき》に濡れた鋭い犬歯が覗く。

「ガモちゃん、また会えたね」

奴は嬉しそうに笑った。

「オレがいなくて寂しかった?」

我聞の中で、炎に全身を舐《な》められたように感情が膨れ上がった。ナナセはもういない。こいつが殺した? なぜだ? 事故か? 事件か? 許せない、償ってほしい。どうすればいい? 忘れたい、いや忘れられない。

「どうせ同じことを訊くなら、二人一緒がいいと思ってね」

阪井係長の言葉に思考を遮られた。

「服部さんは退勤後だったから、監視の一人に連れてきてもらった。ドアの前にいただろう」

そう言って廊下にちらりと視線をやり、顔の向きをまた元に戻す。

「小野寺」

「はい」

「一八三番」

「何?」

「今回、君たちには協力して捜査してもらったけど。このバディを今後も続ける気、ある?」

視界が真っ暗になった。

もしあんどれが、ナナセの死を故意に引き起こしていたとしたら。殺してやる。迷いなくそう思う。刑法がそれを許さないなら、せめて罪を償ってほしい。最も苦しい方法で過《あやま》ちを贖罪《しょくざい》した後に、地獄《じごく》へ落ちてほしい。

けれどそれで、ナナセは喜ぶのか？

非行少年たちを更生させ、社会に復帰させることを何よりも望んでいた彼女。いい警察官になってねと、口癖のように言っていた彼女。

ナナセのためになるのは、どっちだ？

「続けるに決まってんじゃん。ねえ？」

そう言った奴の顔を見るために、どれほどの勇気を振り絞っただろう。ほんの数秒の時間が永遠にも思えた。

「続けます。こいつを使えるのは俺しかいません」

一八三番――あんどれ――安藤廉――こいつのことを見張り続ける。

そして必ず、正しい道へ連れ出してみせる。

「本心だね、それは」

阪井係長と目が合った。確信のこもった問いかけに、我聞は静かに頷いた。

主要参考文献

『警視庁捜査一課殺人班』毛利文彦（角川書店）
『刑事捜査バイブル』相楽総一・北芝健（双葉社）
『警察手帳』古野まほろ（新潮社）
『警察官白書』古野まほろ（新潮社）
『職務質問』古野まほろ（新潮社）

警察組織及び捜査に関する描写全般につきまして、一般社団法人スクールポリス理事佐々木成三《なるみ》氏にご監修いただきました。この場を借りて、深く御礼申し上げます。

作中に実在の事件、組織、施設及び商品名等が登場しますが、この物語は、作者の意図の有無にかかわらず、事実と異なる部分があるフィクションです。

集英社オレンジ文庫をお買い上げいただき、ありがとうございます。
ご意見・ご感想をお待ちしております。

● あて先
〒101-8050　東京都千代田区一ツ橋2-5-10
集英社オレンジ文庫編集部 気付
泉　サリ先生

一《ヒト》八《ハチ》三《サン》　手錠の捜査官

集英社
オレンジ文庫

2023年5月23日　第1刷発行

著　者　泉　サリ
発行者　今井孝昭
発行所　株式会社集英社
〒101-8050東京都千代田区一ツ橋2-5-10
電話【編集部】03-3230-6352
【読者係】03-3230-6080
【販売部】03-3230-6393（書店専用）
印刷所　大日本印刷株式会社

ISBN 978-4-08-680504-9 C0193

集英社オレンジ文庫

水島 忍

月下冥宮の祈り

冥王はわたしの守護者

名前以外の記憶をなくして冥界で
目覚めたミラン。冥界の王リヒトによれば、
何らかの理由で魂が肉体から
離れた状態だという。元に戻るため、
冥界の仕事を手伝うことになるが…?